新版

# あにやんの飛行機

野中麻世

三省堂書店
創英社

# 目次

随筆

# お弁当

昭和二十年七月九日、私の生まれた市の街の空は気持ちよく晴れていた。

父母は朝早くから幼い弟たちをリヤカーにのせ、郊外にある田圃へ出かけていた。

米爆撃機による空襲が激しくなり食糧不足が深刻化していくなかで、万事に不器用な両親は、田畑を買いお米や麦を作ることで食糧不足を補おうと考えたらしい。

郊外に二反余りの田を買った。が、ねえやは故郷に帰ってしまっていたし、下の弟は幼い。慣れない農作業に、刈り入れや田植えなどすべてが遅れがちのようだった。まだ麦の収穫も全部すんでいない、早う田植えをせんと、といいながらその日の朝、薄暗いうちに家を出た。

その頃はすでに、昼夜の別なく警戒警報や空襲警報のサイレンが鳴り響いていた。

私が国民学校六年生であった秋頃から米軍爆撃機による本土への空襲がはじまっていたが、翌年の昭和二十年春、女学校に入学したころから一段と激しくなり、梅雨が明けたころには、中都市である私たちの市の空にも空襲予告のビラが撒かれている、との噂が流れはじめていた。

七月三日と五日には、市の近くの軍需工場のある地域への爆撃があった。

次はいよいよ私たちの市だと予告する人もいたが、一般の人たちは、毎日雲の上のはるか上空を大都市の集中する阪神地域へと向かう米軍の爆撃機をただ見上げていただけだった。

空襲の怖さや悲惨さを想像することすらできなかった。町内ごと隣保班ごとに火消しの道具やバケツを用意し、消火訓練に励んでいたのだから。ただ、厚い防空頭巾を手放さなかったし、いつでも防空壕に入ることのできるもんぺ姿で昼夜をすごしていた。

入学した県立の女学校でも、三年生から上の学年は学徒動員で工場へ、そして二年生も勤労奉仕の日が多いようだった。ときどき私たちといっしょに朝礼に参加していた。

二年生が登校する日の休憩時間は運動場が賑やかだった。毎日空襲警報のサイレンの鳴る戦時下とはいえ、女学校へ入学した自由な気分、そして少し大人になったという胸高い気分誇らしい気分を、私たち一年生も十分味わうことのできるひとときだった。

七月九日の夕方、田へ出かけていった父母たちが帰ってこないので、私と妹は夕食をすませ、翌日の用意をはじめた。妹は翌年の女学校受験に向けての勉強が忙しくなってきているようだった。

新しい上着を母が用意してくれていた。仕付け糸のついたままのそのモスリンの上着を田舎へ送る疎開の荷のカバーの下に、寝押しのつもりで丁寧に敷いた。ブルーと淡くピンクがかった白とで紫陽花を品よく幾何模様化した柄で、仕立上がるのを楽しみにしていた上着だ。

戦時下で着るには少しモダンな色合いではあったが、母は若い娘に地味な木綿ばかりを着せるのは可哀相だとも思ったのだろう。

九時を過ぎたころ、警戒警報のサイレンが鳴った。

部屋の電気を消し、小さい懐中電灯と翌日のために用意したカバンをもって防空頭巾を被り、いつものように防空壕へ入った。防空壕にはゴザが敷かれ、小さい電球が引かれている。電球に黒いカバーをかけ、懐中電灯を消した。妹は教科書の暗記をはじめたようだった。私もノートを開いて授業中に書いた文字を眼で追っていた。

空襲警報がなかなか解除にならない。妹は本を抱えたまま居眠りをはじめていた。両親がいないので私は眠ることもできず、うつらうつらと半分目を閉じたまま、防空壕の壁にもたれて過ごしていた。

遅い両親や弟のことが心配になってきた。防空壕の外に出てみる気になった。

家の出入り口の前に立った。外はどこもここも暗黒の、音のない闇の世界だった。父母たちの帰ってくる気配はない。梅雨明けの夜の風は気持ちよく、星のきれいな夜空に向かって両手をあげて深呼吸をした。

目が夜の暗さに慣れてくると、右手前方に薄くなだらかな山のかたちが見えはじめた。そしてその山の麓をちらちらと、光のようなのが動いているのに気づいた。しばらくぼんやりとそれを眺めていた。その光のようなものは少しずつ太くなっていく。蛇のように体をくねらせながら山の麓を東へ向かっていた。

戦火ではないだろうか。その思いが私の頭の中を一瞬走った。まだ警戒警報のサイレンだけで、空襲警報にはなっていない。私は気持ちを落ち着かせてその光に見えるものをじっと見つめた。やはり明らかに光が少しずつ東へ進んでいる。

街全体が火に包囲されるのかもしれない！

この一瞬、私の頭に神が降りてきていたようだ。すぐに防空壕にもどり、居眠りをしていた妹を起こした。壕の外にでて、妹の手を引っ張りながら人影のない闇のなかを走りだした。橋の真中で妹は座り込み、お姉ちゃん帰ろう、と泣きはじめる。その妹を叱り、手を引っ張って立たせ、暗い街のなかを人家の少ない方へと懸命に走った。その方向へ走っていけば市外に近くなり、人家の向こうには田がひろがっているはずだった。

田の広がる地域に出て畦道に立ったとたん、後ろからものすごい爆発音が響いてきた。妹と手をつないだまま後ろを振り向いた。闇であった街が真っ赤になっていた。絵ハガキのように真っ赤な風景がひろがっていた。茫然と私たちはその風景にみとれているだけだった。

飛行機からひらひらと、金色の短冊のようなものや火を灯した蝋燭のようなのが無数に落ちている。仕掛け花火を見ているような豪華で華麗な風景だった。ときどき街が裂けるような爆発音がとどろき、そのたびに火災範囲がひろがっていった。

頭上にひらひらと光る短冊が舞ってくることがあった。遠くから短冊のように見えていても頭上に姿を現わすと、それら焼夷弾はものすごい速度で落ちてくる。私と妹は田植えの終えた田のなかで右に左にと懸命に避けて、一夜をすごした。

市街がすっかり姿を消してしまったことが夜目にもはっきり見えた。

爆音も聞こえなくなった。

私たちは逃げる方向も運がよかったらしい。市の北側の郊外に避難した人たちは、戦火を避けてやっと逃げてきた夜明け近くに、艦載機の機銃射撃を受けたそうだ。多くの人が亡くなったと後日耳にした。

空が明るみはじめた。ピンクがかったむやみに大きく見える締まりのない太陽が、廃墟の地平線に顔をだしはじめた。遠くまでひろがる廃墟を眺めながら、防空壕を出るとき、万年筆やノートの入った防空袋を持たずに家を飛び出してきたことを思っていた。私も妹も何も持たずに逃げてきたのだ。

　家のあった跡に戻らなくては。父母たちはどうしているだろう。

　私と妹は手をしっかり握りあったまま、田の広がる地域から家並みのあった方へと来た道を戻りはじめた。

　人影は全くない。くすぶりと熱気の残る石やコンクリートの残骸だけだった。橋の近くにくると、黒焦げの丸太のようなものがあちらこちらに転がっている。頭、手足を焼かれた人体だと後で知った。

　私たちが渡った橋は壊されていた。その壊れた橋の下を子供の死体が流れていく。ふとその橋の下の奥の方に目が止まった。人が折り重なっていた。一塊になり、お互いを抱えあうようにして亡くなっていた。焼夷弾の煙で窒息死したのだろうか。有害なガスが入っていたのだろうか。妹はまた泣きはじめた。

　私たちは川に沿って川下の方へ下り、壊れていない橋を渡って川沿いを上流の方へと方向を変え、住んでいた家のあたりに戻ってきた。お昼にまだ間のある頃だったと思う。太陽が真上には昇っていなかった。

高く築いた倉庫の土台跡が残っていた。父の倉庫のあった場所である。事務所も家もない。防空壕を閉じて家を出たのだが、土をかけていなかった。火がまわって中のものも燃えてしまったのだろう。どこもここもまだ熱気がこもっていた。学用品・教科書など大切なものを全部失ったことを悟った。

ねじ曲がった水道管から水がでるのに気付いて、わたしと妹は水をたらふく飲んだ。

隣保班の人に出会った。おばあさんと寡婦であるその娘さんの二人が、まだ濡れたままのもんぺ姿で焼け跡に立っていた。空襲警報のサイレンと同時に頭上にものすごい爆音が聞こえ、私たちの渡った橋も壊されたらしい。熱くなった川の水に浸かっていて生命を取りとめたという。このあたりは船を使って荷揚げをする材木問屋や石炭問屋の並ぶ地域である。焼夷弾による火災、火災による熱風はすごいものだったろう。よく生きのびられたと、おばあさんとその娘さんは私たちに話した。

この川は市中を流れ、お城を中心とする市街と、郊外の地域や市外へと続く地域とを分けている。たくさんの橋がかかっていた。爆撃機はそれらの橋をまず、爆破したのだろうか。隣保班の他の人たちはどうなったのだろう。

町会長さんが川へ流れ出ている下水の中で亡くなっていた。そばで奥さんが大声で泣きながら遺体にしがみついている。顔を下水の奥の方へ向け、まっすぐに伏せたままで、まるで昼寝でもしているようなきれいな遺体だった。おそらく窒息死だろう。製材所のおじさんが、くすぶってはいるがびっしりと土をかぶせた防空壕に、川から運んできた水を何度もかけていた。その日、焼け跡で生きている人を見たのはこれら四人のおじさん、おばさんたちだけだった。

太陽が真上近くにきたころ、焼け跡を歩いてくる父の姿が見えた。妹はその姿に飛びついていった。

父たちは作業をすませた帰途、空襲に遭った。

焼夷弾が光の雨のように降るなかで、人口二十万足らずの市が火達磨となって燃え盛り、五十五万石のお城が爆発音とともに破壊されていくのを茫然と眺めていたという。お姉ちゃんよう、お姉ちゃんよう、と弟たちは泣き叫んだらしい。

父はまだ熱気で火照り、悲惨な死体の転がる市中を歩きながら、女の子二人を失ったと覚悟を決めたそうだ。私たちが逃げ延びていたことが信じられないようだった。朗報を早く知らせてやりたいと、父はうるんだ目で、またすぐに母たちの待つ郊外へと引き返していった。

その夜私たちは、焼夷爆弾を受けながら幸運にも全焼を免れた父の工場に泊まることになった。

　空地に作っていた青いトマトや胡瓜をもぎって飢えをしのいだ。防空壕の用意はなかったが、両親に囲まれ姉弟そろったという安心感からか、その夜は久しぶりの思いでぐっすりと眠った。

　翌朝、家の焼け跡に行ってみることにした。手を通していなかった上着も焼いてしまった、いただいた万年筆も持ちだせなかった、私の大切なものを全て焼いてしまった廃墟をもういちどしっかり見ておきたいという気持ちと、何よりもお腹がすいていた。熱気の冷めた防空壕にお米や麦など食べる物が残っているかもしれないと思った。午前中は空襲のサイレンも鳴ることが少ない。防空頭巾をしっかりかぶって焼け跡に向かった。

　防空壕の中は完全に火がまわってしまったらしい。何もかも焼けていた。台所の跡も押入れの跡も、残っているのは使うことのできないまでに変形しているか破壊されてしまったものだけだった。がっかりして帰りはじめた。

　思いがけず見知った顔に出会った。同じ女学校の一年生だった。名前も知らず、同じクラスかどうかもわからない。お互い顔に見覚えがあっただけである。二人はどちらからともなく駆け寄っていた。

思わず涙がこぼれてきて私は大声で泣きだしていた。二日間の緊張が解けてしまったらしい。その同級生のIさんは、親類の人を探してかなり遠い市外の家から歩いてきたのだった。消息がわからないまま帰ろうと思っていたところだと話した。

「お弁当を持っているから食べない?」とIさんは布に包んだ弁当箱を私に差しだした。真っ白なご飯がぎっしり詰まったアルミの弁当箱の真ん中に、梅干しがのっている。

私は泣きながら夢中でそのお弁当を食べてしまっていた。食べながら、弟たちの顔が浮かんだ。弟たちに食べさせてあげたらどんなに喜ぶだろう——。その日友人に会ったこと、いただいたお弁当を食べてしまったことを、父にも母にも話さなかったように思う。

入学した女学校に戻りその同級生に会ったのは、翌年の二学期がはじまってからだった。

空襲があってから三日たった昼過ぎに、父の義兄にあたる伯父さんが工場に訪ねてきた。お酒が半分くらい入った一升瓶をぶらさげ、いつもはにこやかな顔を強張らせて、父と工場の奥へ入っていった。そして夕方近く、少し赤くなった顔をふらふらさせ、肩を落として瓦礫の上を帰っていった。

途中まで送っていった父は帰ってきて、空襲で七人の子供のうち四人を亡くしたそうだ、と私たちに語った。

入学祝いに万年筆をいただいた従妹のTちゃんも亡くなっていた。まだ遺体も見つかっていないという。

Tちゃんは同じ県立女学校の一学年上で、小柄な、清潔感のある、楚々とした感じの女学生だった。受験用の参考書やプリントをもってきてくれたのをきっかけに、私の女学校入学後も常に姉のような気配りをみせてくれていた。

空襲のあった日の二十日ほど前の六月下旬、私は小学校入学以来、初めて学校を欠席した。首のリンパ腺が腫れて化膿したのだ。もともと丈夫で、風邪を引いても玉子酒を飲むと翌日は熱が引いていた。医者にかかったことがない。リンパ腺が腫れて外科医を訪ね、手術用のメスをみたとき、私は病院を跳びだしていた。結局、高熱と痛みのあった四、五日を欠席し、首から頭に包帯を巻きつけて学校に行った。

その日は二年生も登校する日だった。私を見つけたTちゃんはすぐに駆けつけてきて、頭に巻き付けた私の包帯を眺めながら、姉のような口調で、「無理したらいかん、去年私が使ったノートを持ってきてあげるから休んだほうがええ。今度の登校日にきっともってきてあげるから。ね」と言ってくれたのだった。

それがTちゃんと会った最後になってしまった。

おじさんの家のあったお城を中心にした地域は、空襲の夜、そして翌日も、生き地獄のような凄まじい光景が展開されたようだ。

その地域は市心部でもあり、避難地域に指定されていた。熱風や火災、空からの攻撃をさけて逃れてきた多くの人たちが、そのお堀端を中心とした地域に避難してきた。敵機はその避難者の上から集中的に攻撃を加え、さらにお城を破壊すべく、四方八方から爆撃を繰り返したという。

台風並みの風速の熱風が吹き荒れ、消防車も自転車も石油缶も太い材木も、そして人間も、一様に上空に吹き上げられた。それらが落ちてきたときの下敷きになって死んだ人も多い。また火を避けて堀のなかに飛び込んだ人も、その上を熱風が吹き荒れ、死傷していった。人が走りながら、生きながら焼かれ、母が子を追いながら焼かれていった。どこもここも地獄のような悲惨な状況がくりひろげられたという。

空襲の終わった翌日から、死臭の漂うなか、名前も住所もわからない人は、大根のように壕の中に投げ込まれ埋められているようだった。

お城に近いおじさんの家は広かった。屋敷内に百発の焼夷弾が落ちていたという。

Tちゃんはどこへ逃げたのだろう。逃げ場がなく熱風に巻き込まれ、立ったまま焼け死んだのだろうか。「無理をしたらあかん……」、といってくれた姉のような声が私の耳にまだ鮮やかに残っていた。

私は父母の前もはばからず大声で泣きはじめていた。

その夜も星がきれいだった。泣きながら、Tちゃんの名を呼びながら、流れた星の行方を追っていた。

五、六年生の担任であった恩師もお城の近くで負傷し、戦後まもなく亡くなられた。若く教育熱心で勉強、運動ともに鍛えられた。百メートルのトラックを毎日百回走るのが目標だった。

読む本の無い時代、「猿飛佐助」や「真田幸村」、「のらくろ」を読みたくて日参のように通う私に、兄貴の本箱の本を貸してくれた友人も、戦後まもなく、郊外で亡くなったそうだ。多分、空襲による火傷をうけていたのだろう。

廃墟の片付けのため私たちよりも長く市内に留まっていた母は、毎晩人魂を見たそうだ。水色やオレンジ色のきれいな色だったと話していた。

汽車が動き始めた。私たちは家族で一時祖母の家に身を寄せた。が、まもなく母は弟たち二人を連れて母の叔父の家へ疎開し、私と妹はそのまま祖母の家で暮らした。

紀伊の山の中の、終日せせらぎの音が聞こえて風通しのいい、ひろびろと大きい家である。そこで、祖母と伯父伯母、従妹たちとともに終戦の勅語を聞いた。

こんどの戦争は負けると伯父は話していたので、伯父一家は敗戦を冷静に受け止めていたようだった。私は思わず涙があふれてきて裏山へ走り、寝転んで空を眺めていた。涙がとめどもなく流れてきた。

罹災のあと、のびやかで美しい自然のなかで過ごせたことは本当に幸せなことだった。川で泳ぎ、川エビ獲りに熱中する生活のなかで、戦時や空襲時の心身ともの疲労が少しずつ回復しはじめた。

二学期から地元の県立女学校に通うことになった。地元といっても汽車の停留所まで一時間近い山越えをし、二駅を汽車に乗って、また半時間ほど歩くといった通学である。同じ女学校の専攻科に通う従妹は自転車で通っていた。

当時、その女学校には藁草履で通ってきている人たちがいた。すべてを焼失した私と妹はまず、藁草履を作ることからはじめた。従妹に縄の編み方から教わり、やがて布を編み込んだ自分の藁草履が編めるようになった。その草履を履いて毎朝早く、曼殊沙華の咲く畦道を走り、山を越え、汽車に乗って女学校へ通った。

伯母や従妹が作ってくれるお弁当がおいしかった。お米のなかに小さく賽の目に切ったジャガイモを炊き込んで少し塩味を効かせただけのご飯で、おかずも入っていないシンプルなお弁当だったが、毎日それを広げるのがどんなに嬉しかったか。いまでもその味を思い出すことができるような気がする。朝早く起きて山を越えてという毎日に、お腹がぺこぺこだったせいもあったのだろうか。

着るものがないので伯母が出してくれた古い木綿で、従妹に型紙を借り、ブラウスのようなのを作って女学校へ着ていった。

祖母も伯母も私と妹を従妹たちと同じように愛おしんでくれた。ありがたいことだった。空襲で亡くなったTちゃんにどこか似ていた品のいい小柄な祖母は、一番若い息子である叔父がソ連に抑留中、ロシア語に堪能なせいもあってか、自殺したという知らせを受け取ったとき、短刀をもって仏間に入っていたそうだ。

秋に近くなった頃、私たちは母の家で一家揃って暮らすことになった。太平洋に面し、沖に黒潮の流れる美しく大きな海に沿う家である。そこから一時間たらず歩いて女学校へ通った。

焼け跡のトタンのバラック小屋を拠点に、父は旧紙幣封鎖のなかで生活の目途をたてるべく、懸命になっていた。

進駐軍が早く入ってきたせいもあってか、焼け跡の治安は非常によくなかったようで、腕時計などの貴金属は全部、歩いている黒人などに没収されるということだった。

「外出のときは竹刀の代わりになる棒をもって歩くんや」と父は話していた。

食糧不足や過労で父は家に帰ってくるたびに痩せていた。が、秋祭りの村への祝儀などには多分な金額を包んでいるようだった。父もまた、最悪の経済状況のなかで、家族を食べさせ家の体面を保つべく、懸命な努力をしていたのだろう。

そのころの食糧不足は、いま思い出すだけでもつらい。

田畑は不在地主でなくなったし、配給の不味いさつまいもばかりの毎日だった。戦争中の方がずっといいものが食べられたと、あまりにもひもじい毎日に思ったものだ。

台風後の波にのって泳ぎ、岩から離れたわかめを拾ったり、海岸に打ち上げられた海藻を拾ってきてご飯の中に混ぜたり。少しでもご飯の量を増やそうと、私も母を手伝った。蓬を摘んで蓬餅を作ったり、高粱の粉で団子やすいとんをつくったり。石臼で麦をひき、一升瓶でお米を搗いた。食べるために様様な工夫とエネルギーと時間を使う毎日だった。

その頃女学校へもっていくお弁当はどうしたのだろう。私のお弁当にお米を使うと妹や弟の食べるものがなくなってしまう。お弁当に何を持っていったのか、私は記憶がない。

戦地からの人々の帰還がはじまっていた。父は工員たちが復員してくればすぐに戦時中から休んでいた工場を再開できるよう、準備をしておきたいようだった。

強い父の要望で私たちは、海の美しい家を引き上げ、焼けたトタンで作ったバラックで生活をすることになった。

二学期から私は元の女学校に戻った。終戦の年の翌年の晩夏だった。妹も同じ女学校に通い始めた。

秋の初めの日曜日、その日は弟の運動会だった。当然お弁当がいる。父母は工場再開のための、慣れない作業で忙しかった。私が弟のお弁当を用意することになった。

朝早く起き、一つしかない七輪でまずご飯を炊いた。その間に、焼け跡の畑でおかずにできそうなものを物色した。

家には魚も肉も卵もなかった。畑のものを総動員すれば一人分のお弁当は何とかなりそうだった。まず青豆を茹でて中身の豆を出し、人参とさつまいもを煮た。小松菜を茹で、秋の小さい茄子も茹でてお味噌で和えた。かぼちゃも煮た。胡瓜をもぎって紫蘇でもんだ。古い折箱をきれいに洗い、おにぎりを作って並べた。野菜ばかりのおかずを彩りよく詰めた。いいお弁当ができたと私は、大満足だった。

時計を見ると十一時前。弟の小学校は市心部にある。当時住んでいたバラック小屋からはかなりの距離があった。女学校の制服に着かえ、折箱を新聞紙に包むと、水筒をもって大急ぎで走り出した。

お城に近い坂を上って校門をくぐり、運動場に出た。まだ午前中の競技が終わっていなかった。運動場が一望できるスロープの芝生の上に、風呂敷を敷いて座った。

小さい一年生が集まっている方に向かって両手を振ると、私を認めたらしい嬉しそうな顔が見えた。午前の競技を終え、真っ赤な顔をした弟が身体の割合には大きな頭をゆらしながら、私の方に向かって走ってくる。そして芝生の土手を上ってきた。私の横に腰を下ろして水筒のお茶を飲み始めた。

ふと周囲を見渡した私の眼のなかに、りっぱな魔法瓶や漆の重箱がとび込んできた。折箱を開いている父兄のいないことにも気づいた。どこの輪でもりっぱな重箱がひろげられ、お皿にお寿司などが分けられはじめている。

私はすっかりあわててしまった。気持ちを落ち着かせ、何気ない風を装って弟に、ここ少し暑いからもう少し風の通るところへ移ろうか、といって立ち上がった。弟は水筒を持ったまま素直に腰をあげ、私についてきた。運動会の参観者の眼の届かない土手の外れに移動し、弟を私の外側に座らせた。新聞紙に包んできた折箱をそっと手渡す。

お腹がすいていたのだろう弟は無邪気に、本当においしそうに、物も言わずに折箱のおにぎりや野菜を食べはじめた。

お城から少し外れた南西の地域に住宅街が広がっている。その一帯は幸運にも空襲による火災を免れた。距離的に近いこともあって、この地域には弟の通う小学校の生徒は多い。すでに終戦後一年たっている。被災を免れたこれら住宅街に住む人たちの生活は、食糧不足はあったとしても、すっかり落着きをとりもどしているはずだ。美しい漆の重箱のお弁当はその象徴だろう。

古い折箱に詰まった肉や卵の入っていないお弁当を一粒も残さず食べ終えた弟に午後の予定などを尋ねながら、私は胸のなかに涙がこぼれ落ちる思いだった。母の海辺の家の屋根裏にはお客用の鶯色の什器のつまった大きいトタン張りの長持ちがある。食糧難にあえいでいた私たちの生活には無縁のものとして、それを開けたこともなかった。

お腹が大きくなって満足したのか、下で手をふっている友達の方へ弟は飛ぶように土手を駆け下りていった。

お昼がすんだら帰るつもりであったが、最後まで競技をみていくことにした。トタン小屋の家から通い、粗末なお弁当を食べ、皆といっしょに懸命に走り汗を流して競技をしている弟の姿を最後まで見ておきたかった。弟の下校に付き合う機会はめったにない。最後まで観て、そしていっしょに帰ろうと思った。

二か月ぐらいトタン小屋に住んでいただろうか。残暑のなかのトタン小屋の中の生活は今思い出すだけでも辛かった。やがてそうぎ屋根のバラックに引っ越し、父が家を建てたのはそれから四年後だった。その間に私は三年間結核で病床にあった。瓶の蓋にコールタールのついた密輪のストレプトマイシンで一命を取り留めた。

私たち子どもにとっても、子供を飢えや病から守るべくただ懸命に働いた親の世代にとっても、ともに辛い戦時であり、戦後であった。

## （米軍の記録および防衛省の見解）

終戦の年の7月9日、テニアンの米軍基地を出発した爆撃機百九機は、八百トン余の焼夷弾を人口二十万足らずの私たちの市の上空から投下した。襲来機数、焼夷弾の投下量ともに、都市の大きさに比べて大量であった。上空六千メートルに達する猛烈な火柱が全市を覆い、何回もの大爆発が起こった、と記録されている。

その年の6月15日の第四次大阪大空襲で、米軍による五大都市への無差別焼夷弾攻撃が終了した。テヘラン基地では同時に、日本の中小都市への爆撃機による焦土作戦計画が練られはじめていた。6月17日から終戦の日の8月15日の朝未明までの二か月余の間に、テヘランの基地から延べ爆撃機七二一三機が出撃し、五七都市に五万三千一二六トンの焼夷弾が投下された。六五平方マイルが焼野原となった。

これら焼夷弾攻撃は、軍事施設への通常爆弾による精密爆撃とは明確に区別されるべき性格の爆撃で、油脂焼夷弾により無差別大量に人家を焼き、一般市民を殺傷するのを目的とした無差別絨毯爆撃だった。

日本本土への空襲は昭和19年秋ごろから始められた。当初は軍事施設への精密爆撃であり、人家への被害を極力避けようとしていた。が、昭和20年1月にカーチス・ルメイ少将が米軍司令官に着任して以来、民間人の住宅地を焼きつくす攻撃に変わった。日本では戦後も長く、ルメイは市民の虐殺を主導したという見方が根強く残った。

だが、日本の防衛省防衛研究所の戦史研究センターの担当官は最近、第一次大戦後主流となった戦争の早期終結には何が必要かという歴史の流れのなかで、日本本土への空襲もとらえられるべきだと述べている。『(「空襲に遭った人の証言」空襲を記録する会発行1989・3)および「2020年の日刊紙」より』

なお、私が空襲のはじまる前に見た山の麓を這っていった蛇のような火についての記録を、残された記録や証言の中に見つけることができなかった。ただ、偵察機が爆弾を落としていったという証言や、その方向に最初の火の手があがった、という住民の証言があったようである。米軍の攻撃が真夜中の、非常に短時間の大量の爆弾投下であったために、日本側の予報などの機能は働かなかった、というのが実情ではなかったのだろうか。

小説

# あにやんの飛行機

今日も朝から、茂雄は、東の空にじっと目をこらしていた。

そこは見晴らしのいい峠の先端だった。村を通ってきた道はこの峠で、西南の方角から北西の方角へほぼ直角に大きく折れ、いくつかの山を越して駅へ通じていた。

その峠の先端に立って茂雄は、顔を前へつきだし、前方の空を見つめているのだ。

「あにゃん、まだかのう」

茂雄はまたつぶやく。

今朝から何度となく、この言葉を口にしてきた。

左の甲で汗を拭う。右手にはしっかりと、ハーモニカが握られている。

峠の樹々の若い緑が五月の光にきらめいていた。その峠をとり囲んで、濃い緑の山脈がぐるりと大きく、遠くまで幾重にも連なっている。峠の裾からまわりの山裾に田がひろがり、そのなかに苗代が、短冊のかたちで萌えている。

日が高くなっていた。

目を東の空に据えたまま、ハーモニカを手に、茂雄はそろりそろりと、尻をつきだして後ろにさがりはじめた。

峠の目印となっている一本の楠の古木の下までさがってきた。

生き物の足のような太い木の根が、土の上にせりあがっている。その大木の根本に、布で作られたカバンと藁草履がおかれている。

茂雄は左手でカバンをあけ、新聞紙にくるんだ包みとりだした。その手に水筒の紐をひっかける。すぐにもとの場所にもどってきて腰をおろし、水筒を草の上においた。

両足を峠の土手にぶらさげ、片手で膝の上の新聞紙の包みをあけはじめる。ひろげた竹の皮に、三個の大きな握り飯がならんでいる。そのひとつを手にとり、前方に目を向けたまま、大口をあけてかぶりついた。

右手はハーモニカを握ったままだ。

村の教師が、古びた自転車を押して畦道をやってきた。肩から斜めにかけた国防色のカバンが、国民服の腰のあたりでおどっている。峠へのぼる山道へさしかかる草原で、自転車を止めた。

「暑うなったなあ」

峠までのぼってきて、戦闘帽をとった。

腰にぶらさげていた手ぬぐいで額の汗をふきふき、茂雄のそばにやってきた。肩から外し

たカバンと帽子を土手の草の上におき、運動靴と靴下をぬいで、「よいしょ」と草の中に尻を埋めた。

ゲートルを巻いた足を、土手にぶらさがっている茂雄の足の横にならべた。

涼風が田をわたってくる。

「ええ風や」

教師は上着のボタンをはずし、痩せた胸のなかへ風を入れる。

キツツキの木を打つ音が、向かいの山からこだましてくる。

茂雄は東の空を見つめたまま、三つめの握り飯を食べはじめた。

「おい、うまそうやな」

教師は、ちらと、手首がうずまってしまったような茂雄の左手のなかにある握り飯に目をやった。白い飯のなかに梅干しがのぞいて見える。教師の喉の奥がごくりと鳴った。

「お前とこは、ようけ田を作ってるよってええなあ。先生の弁当は、毎日、芋ばっかりや」

教師は握り飯から目をはずし、もういちど手拭いで額の汗をぬぐった。

空を見つめたまま、茂雄は口を動かしている。

「毎日、銀飯の弁当もってここへくるんか。学校を休んで、もう一週間になるで。お前、ここで何をしてるんや」

顎が無心に動いている。その顎ににきびがふたつ。

「もう六年生やで。せっかく、いままで休まんと学校へ来たんや。卒業するまで、欠席せん方がええで」

「…………」

「おい、茂雄」

茂雄は握り飯を食べおえた。両方の太股で水筒をはさみ、左手で蓋をとって、茶をゆっくりと飲む。

顔を空に向けたまま、やおら口を開いた。

「あにやんを、まってるんや」

大きなからだから、蚊のなくような小さな声がでた。

「あにやんのひこうきが、くるんや」

「……一雄の飛行機が……どういうことや。一雄の乗った飛行機がここを飛ぶっていうのんか」

「そうや」

「……ほんまに、一雄がそういうたんか」

「そうや。あにやんがせんとうきにのって、くるんや」

「戦闘機……。この間一雄が帰ったときに、そう話したんか」

「そうや」

茂雄はふくらんだからだに力をこめて、うなずいた。

「ひこうきがなおったら、あにやん、ここをとぶって、いうた」

「……。そういえば、このあいだ、飛行機が故障したんで休暇がとれたんやって、話してたなあ」


少年飛行兵を志願して村を去った一雄が、一週間ほど前、突然帰郷した。そのときの見違えるようなりりしい姿が、教師の瞼の裏にまだ鮮やかに焼きついている。

午後の一時間目の授業のときだった。四年、五年、六年生がひとつの教室で、それぞれ計算のテストをしていた。

廊下に軍服姿の若者が立っている。教師に向かって頭をさげた。その若者が一雄だとわかると、教師は夢かと驚いた。あわてて教室を出ようと教壇をおりかけたとき、一雄は静かに教室に入ってきて、空いていた後ろの席に腰をおろした。

不意に現れた軍服姿の一雄に、生徒たちはざわつきはじめた。

一雄は笑顔を向けてテストを続けるように言ってから、小さな椅子に座ったまま、テストの紙に向かっている子供たちの懸命な後ろ姿を見わたしていた。

授業がすむと、生徒たちはいっせいに一雄をとり囲んだ。一雄は子供ちといっしょに教室の外に出て歩きながら、教師と話したり、懐かしそうに廊下や教室の柱をなでたりして、校舎と校庭のすみからすみまでをゆっくりと一巡した。そして校門のそばへもどってきた。

一雄は、教師と生徒の前で直立不動の姿勢をとった。

「行ってまいります」

切れながの目を光らせ、しっかりと教師を見つめ、みんなの顔を眺めわたして、長い挙手の礼をした。そのまますぐに新しく配属された基地へもどっていった……。

「そうか、一雄が飛行機でここを飛ぶんか……。それで、お前、ここで待ってるんやな」

「うん」

大きな頭が前にゆれた。

「そうか。でもな、茂雄。飛行機は学校ででも見えるで。学校へきて見たらどうや。そうや、二階の図画室がええ。あそこやったら、よう見える」

「ここの方が、ようみえるわ」

「そやけどなあ……」

「あにやん、ひがしのほうから、くるていうてた。ひがしはひのでるほうや」

つねになく茂雄は、教師の言葉をはね返した。そして前方を指さした。そこだけ山脈が遠く低く見えて、気持ちのいい五月の空が大きく開けている。

そうか、一雄は東の方角から飛んでくるんか……。

教師は納得した。目の前にひろがる雲ひとつない青空を見つめる。

この方角の、低い山脈をこえた向こうのどこかに、一雄がもどっていった基地があるんや。それにしても、ここは東の空を見るのに絶好の場所やないか。茂雄のやつ、一雄のことになると妙に頭が働く……。

教師は声をやわらげた。

「一雄が帰ってきたんは、三年ぶりや。村を出てから初めてやもんなあ。一雄に会えて、お前も嬉しかったやろ」

「……」

「一雄が学校へ寄ったんは、お前に会いにきたんやで。あれから、一雄を送って駅まで行ってきたんか」

「うん、やまをこえて、いってきた」

「夕方の汽車にまにあうたか」

「まにあうた」

教師は、その日、二階の窓から二人を見ていた。軍服にきりっと身を固めた長身と、その

後を追って大きな頭を揺らしながらついていくずんぐりした姿とが、畦道をのぼっていき、峠の楠の古木をすぎて、山の厚みの中へ吸いこまれるように消えていってしまうのをじっと見つめていた。

ふたりの姿が見えなくなっても、教師はいつまでも窓のそばを離れなかった。

峠から駅までは、山を越えて三里に近い道程だ。その翌日から茂雄は学校を休んでいる。

「あにやんが、もういちど、いっしょに、ふなやうさぎをとりにいきたいて、いうてた」

「そうやろなあ。一雄はお前を連れて、よう川でフナやウナギをとりよったからのう。このあたりの山や川は、一雄の庭みたいやった」

「……」

「山へも、いつもいっしょに行ってたやないか。罠をしかけて、兎もだいぶとったんやろ」

「うん」

「一雄はウナギの穴場や兎の通り路をよう知ってた。もどりや罠をしかけるのもうまかったしなあ」

「あにやん、なんでもうまいんや」

前方を見つめたまま、茂雄は声をはずませた。

「兎の皮を売って何を買うたんや」

「ちょきんした。あにやん、ちょきんしとけていうた」

「そうか、貯金してるんか。だいぶたまったか」

「うん、このあいだ、あにやんのも、もろた」

「一雄の貯金を……」

「あにやん、こんどもどってきたら、そのちょきんで、まちへつれてってやるって」

「そうか、一雄の貯金を……。一雄はほんまに、お前を実の弟のように思うてるんやなあ。この間も、お前のことを先生に頼みよったで」

頭のいい一雄と少し知能の遅れた茂雄とが、教師の目の底にならんだ。

一雄には腹違いの弟が三人いる……と教師は、頭のなかで、つぶやきはじめた。

一雄は、腹違いの弟たちの面倒もみてやっていたが、本当に可愛がってやっていたんは、隣家の茂雄やったようや。兄や姉から離れて、ひとりでぶらぶらしていた茂雄を、いつも山や川へ連れだしてやっていた。一雄は寂しかったんかもしれん。自分が寂しゅうて、誰からも相手にされん茂雄に、同類の親愛と哀れみの情を抱いていたんかもしれん。

それにしても、一雄の家のもんはまったく薄情やで。飛行兵になった一雄のところへ、いちども会いにいってやらんてのう。隣村の野口の家では、このあいだも、父親と母親が蓬餅をようけもって、予科練へいった息子のところへ行ってきたそうや。「立派になってのう。」そやけど、いつ特攻で出るかわからんらしいわ。それ思うたら不憫でよう。」そういうて父親は、村に帰ってから、男泣きに泣いたそうや。それがほんまの父親や。

一雄は小さい頃から、家の仕事を手伝うて、よう働いてた。一雄のおかげで、あの家はいろいろと助ってるはずや。それやのに、会いにも行ってやらんてのう。継母が薄情なら、父親も父親やで。あの父親にとって、一雄は実の息子やないか。あんなええ息子もったら、親は感謝せんならんのに。気が弱いんか薄情か、もひとつ一雄のことをかまってやらん。

一雄の中学への進学をすすめにいったときもそうやった。逃げるようにして、結局、要領を得んかった。あそこは一雄を上の学校へいかす力はあるはずや。一雄のことを考えてやる者が誰もいてないんや。

やっぱり、村のみんなが噂してる通り、あの父親は一雄の、病気で死んだ実の母親のことにこだわってるんかのう。一雄の父親が別にいるんじゃないか、とあの父親が疑うたとき、あんたの本当の子や、と実の母親は泣いていうたそうやが。『実の母親は美人やったよってあんな噂をたてられたんや。美しい人やったが、無口でおとなしい人やった。芯のあるしっ

かりしたええ女やった』って山の寺の和尚が言うてた。ほんまに男気のない父親やで。かわいそうなんは一雄やないか。一雄は頭もええが、気持ちの温かい子や。それだけに、一層、寂しさが身にしみていたんやろ……。

「一雄がのうて、お前も寂しいのう」

「あにやん、あにやん、おくにのためやていうてた」

「そうや、お国のためや。一雄がのうても元気ださんと」

一雄が少年飛行兵を志願したいといってきたときのことを、教師ははっきりと覚えている。「戦いの勝ち負けを決めるんは飛行機や。お国のために飛行兵になって戦いたいんや」とあのとき、いつもは落ち着いてみえる顔を紅潮させ、真剣な目でわしに迫ってきた。いま飛行機乗りになったら、いつ死ぬかわからんのやで。まだ十四歳じゃないか、その歳で戦争に協力するのは早い。もう一度考え直せ、と心のなかで叫びながら、結局、自分はそれを口にだせんかった。それどころか、若い頃病弱で徴兵検査も受からんかった自分のぶんもお国のために働いてくれる、と少年兵を志願する生徒をもったことを誇りに思う、かすかな胸のたかぶりさえ感じていた。

だが、もしあのとき一雄が、お国のためや、ていうてた若い正義感の底に、冷たい家族から逃れよう、孤独から這い上がりたいと願う必死の焦燥があったとしたら。一雄の心の奥を覗いて、もっと語り合ってやるべきやなかったんやろか……。

教師は、胸を突き刺されたような痛みを覚えた。

茂雄はじっと空を見つめている。

それにしても、と教師は思う。

茂雄は、一雄によくなついていた。じゃれつく犬のようだった。一雄も実によう茂雄をかわいがり、めんどうをみてやっていた。茂雄が他の子供たちに馬鹿にされんと学校へ来たんは、一雄がついていたからや。はしかにかかった時以外は、学校を休んでいない。一雄のおかげや。一雄がこの村を去ったいまでも、子供たちは茂雄の後ろに一雄を感じている……。

鶯の声がころがった。

静かな山の空気が、一瞬、透きとおった。

教師は、ふくれた手ににぎられているハーモニカに目を移した
「ひとつ吹いてみるか。巧うなったよって。先生が空を見ててやる」

茂雄は左の手の甲で額を拭った。日差しで紅潮気味の顔が一層上気している。

〈からたちの花〉は、一雄の好きな曲だった。一雄はハーモノカが巧く、学芸会ではいつも皆の喝采をうけた。

長身の背を折るようにして吹いていた。そして最後には、必ず、この曲を演奏した。

『幼い頃、家の垣根には、春になるとカラタチの花が咲いていた……野良着のままの母に抱かれた僕は、その花をとって母の髪にさした。』と、一雄は作文に書いていたことがあった。実母が生きていた幼いころのからたちの花の思い出が、幸せだった日々の記憶として一雄の胸のなかにあるようだった。

ハーモニカの練習をはじめてまもなく、この難しい曲に挑戦していた一雄を教師は思い出す。その後、一雄の吹く〈からたちの花〉は一雄が自分で編曲をした変奏曲になっていた。

いつ聞いてもほんまに素晴らしい曲やと、そのメロデーと音色に教師は感嘆する。幼児の頃への郷愁《きょうしゅう》を曲にしたんやろ、と教師自身も、少年時代の思い出に浸りながら耳を傾けるのだ。

航空兵を志願して村を去るとき、一雄は、赤い襷《けやき》をしたまま皆の前で〈軍艦マーチ〉を吹き、そして〈からたちの花〉を演奏した。その後で、大切にしていたそのハーモニカを茂雄にやった。

それからの茂雄は、学校のなかでもハーモニカを身体から離さなかった。

ほかのことでは気がいいのだが、ハーモニカだけは誰の手にもふれさせなかった。そして休憩時間になると、待ちかねたように教室をとびだし、一雄がよく吹いていた運動場のすみの草原に腰をおろして背をまるめ、ハーモニカを口にあてていた。

子供たちは茂雄を取り囲んでからかった。

が、茂雄は周囲のことなど眼中にないようだった。ただ、ハーモニカの音を鳴らし続けていた。その細い目を据えた真剣な顔つきは、教室で太い指を折り折り数を数えているずんぐりした姿とは、別人のようだった。

誰もハーモニカの音を気にしなくなったころ、ふと気がついたら、音が曲になっていた。音符も読めず歌も満足に歌えない茂雄が、学校の誰よりもハーモニカが巧くなったのだ。一雄がいなくなってからは、山や川に出かけることも少なくなっていた。ぶらぶらといつもどこか寂しげだ。ハーモニカを吹いているときだけ、その顔は生き生きと見える。この前の学芸会では独奏をした。一雄のときと劣らないくらいの拍手があった。

あの肥ったからだに、一雄の吹いていたメロディーがしみこんでいるんやろか、と自転車をこぎながら、流れてくるメロデーを耳にして、教師はときどき思う。一雄が帰ってきて演奏しているのか、と思わず自転車のブレーキをかけてしまうほどに、一雄がよく吹いていたなじみの曲を、まるで一雄が演奏しているかのように吹いているのだ。

ハーモニカを楽しむことで、一雄といっしょにいるつもりなのかもしれん……。一雄がハーモニカを吹いていたとき、いつもそばで頭や肩をゆらゆらさせながら聞き入っていた茂雄の姿が、教師の目の前に浮かんでくる。

五月のさわやかな風が緑のなかをわたってきた。涼風に顔を洗われて、教師はわれにかえった。

吹きおえた丸い顔はさらに赤くなっている。

「巧うなったなあ」

顔を向けた教師に、茂雄ははじめて嬉しそうな白い歯を見せた。頭を二三回左右にふった。

「この間、一雄が帰ってきたときに聞かせてやったか」

「うん、やまでやすんだとき、ふいた。それからえきでふいた。あにやん、えきで、もういちど、ふいてほしいていうたんや」

「そうか、そうか。よかったなあ。一雄がびっくりしてたやろ」

「あにゃん、なみだふいてた」

「うん……。嬉しかったんやで、一雄も」


太陽が後ろの茂みのなかにかくれた。

「そろそろ帰るか。茂雄、いっしょに帰ろう」

「ここで、あにゃんをまつんや」

大きな肩をすねるように振っている。

おとなしいくせに、案外頑固なやつやで……。

教師は尻を浮かせた。

「でもな、あんまり学校やすんだらあかんで。今朝、学校へ行く途中にお前の家へよったらなあ、おつ母も心配してたで。飛行機が飛んできても、一雄の飛行機かどうかわからんしなあ」

「あにゃん、とんできたら、うしろのはねふって、あいずするていうた」

一雄のことを話すときは、声の調子まで違う……。

教師は苦笑しながら立ちあがった。

両腕をあげ、腰をのばした。靴をはき、かばんをかけ、帽子をかぶりながら、ふくらんだ背に声をかけた。

「あんまり遅うなると、狐に化かされるぞ。蝮もそろそろ出るころや。踏んだらあぶないで。暗うならんうちに、早う帰れよ」

教師は峠をおりていった。

太陽が山の頂きに残光をのせて沈んだ。

夕暮れのせまる空に、高く、一番星がきらめきはじめて、茂雄はやっと、山をおりた。

翌朝、茂雄は朝起きるとすぐに握り飯を作り、水筒に茶を入れた。朝飯をかきこんで、学校の道具を入れたカバンを肩から斜めにかけ、ハーモニカを手にもって、頭をふりふり峠に向かった。

日が高くなった。

茂雄が楠の根本の方へ歩みはじめたとき、その目は前方の高い空に、小さな黒点をとらえた。

二三歩前進して、目をこらした。黒点はみるみるうちに大きくなってくる。

「あにやんや」

思わず、ハーモニカをもった右手をあげた。

飛行機がそのかたちをはっきりと現わしてこちらの方向に向かってくるのがわかると、茂雄は右手を大きく頭上でまわしはじめた。

飛行機は、茂雄のはるか上空を西の方向へ飛んで行っていたが、突然、進路を北にとった。さらに大きく東から機首をまわした。峠へ向かってくる。機首がまわるとき、尾翼がゆれた。

「あにやーん」

顔を真っ赤にして、茂雄は、ハーモニカをもった手をちぎれるように振った。

飛行機は茂雄に向かってくる。急降下した。低空飛行をしながら、光を反射しているハーモニカを標的に、激しい機銃掃射をあびせた。そして南の空に飛び去った。


二日後、飛行機が一機、東の空から村の上空へ飛んできたのを教師は学校の窓からみていた。高度を下ろしてきた。日の丸が両翼にくっきり見える。

ゆっくりと村の上空を旋回しはじめた。何度も旋回し、最後に校舎の上で尾翼を大きく振って、西南の空へ去っていった。

小説

# 紫陽花

昭和二十年五月下旬に近い日曜日の朝。

梅雨に入ったばかりの鬱陶しい空の下を私は道を急いでいた。街も空と同じように陰鬱で暗い。市中を流れる川沿いの道路には人影はまったく見られなかった。

上町の伯父さんの家へは急いでも一時間以上はかかるだろう。いつ空襲警報のサイレンが鳴るかわからない。サイレンの鳴ることの少ないお昼までには家に戻っていたかった。

厚い防空頭巾をしっかりと背負い、人通りのない道を私はさらに脚を早めた。


昭和二十年に入り、戦況の悪化とともに米軍爆撃機による日本本土への空爆が激しくなってきていた。東京、大阪などの大都市では米軍の空襲が繰り返され、多くの死者や罹災者がでているようだった。そして大都市への空襲がほぼ終わり、次は私たちの住む中堅都市への空襲が始まりそうだ、との噂が流れ始めていた。

事実、警戒警報や空襲警報のサイレンの鳴る日が日を追って多くなり、女学校へ入学した四月以降は、サイレンが街に鳴り響かない日はなかった。一日に何度もサイレンの音を聞き、その都度、私たちは防空壕を出入りした。

上級生は軍需工場へ通い、学校の門をくぐるのは入学したばかりの私たち一年生だけ。弟の通う幼稚園も春から閉鎖されていた。どの商店も商品はなくて店がからっぽのまま、出入り口は固く閉ざされていた。空き家は壊され、白壁は黒く塗られ、街全体が暗鬱な空気のなかに蹲っていた。

昨夕、上町の伯父さんの家の理恵ちゃんから電話でのお誘いがあった。

「ねえ、紫陽花の花が咲いたの。見に来ない？　とってもきれいなの。二三日のうちに切ってしまうって言うから」

「二三日のうちに切ってしまうって？　どうして——そんなに早く切ってしまうの？」

「戦時だからだって。きれいなお花は贅沢だって。岩の間を畑にしたって大したものは作れないって、父は今年も近所の眼もかまわずに、紫陽花の花を咲かせたの。だけど、白に近い色は飛行機の機関銃の標的にされるっていうでしょ。そんなこともあって、紫陽花を全部切ってしまうことにしたらしいの。花のきれいなうちに切ってしまおうと。だから今年が紫陽花の見納めになるかもしれない。ぜひ、見に来て」

昨年の今頃も理恵ちゃんから、紫陽花の花が美しいという電話をいただいた。戦時下の突然のお誘いではあったが、きれいな紫陽花という言葉に惹かれて、尋ねたことのない上町の伯父さんの家を訪れてみる気になった。

山に咲く額紫陽花しか私は知らなかった。山の雑木の間に自生する紫陽花は、花弁も小さく、華やかではない。手にとって眺めてみたこともなかった。ただ、鬱陶しく暗い季節の山に青、紫という爽やかな色が点在するのは、陰鬱な梅雨の気分を和らげてくれる。山に咲く梅雨の季節の花として私は額紫陽花を、山桜や山の椿を眺めるのと同じ気持ちで見ていたにすぎない。特別にきれいな花という思いを抱いたことはなかった。

美しくきれいな紫陽花ってどんなだろう……。

私は紫陽花への興味よりも、理恵ちゃんの好意が嬉しかった。理恵ちゃんに会いたかった。受験用の参考書をいただいてから二か月余り、私の胸の中では私のお姉さんとして存在し始めている理恵ちゃんの、お誘いに応じたかった。

お城を囲んで市役所、銀行の並ぶ中心部を、お城のかつての内堀が巡っている。内堀にかかる小さな橋を渡った道路に沿って伯父さんの家があった。町の一角が全部長い白壁で囲まれていた。ときどきふらっと父の事務所に訪ねてくる、いつも笑みをふくんだような伯父さんの家がこんなに大きなお屋敷だとは、思いがけないことだった。

上町の伯父さんは父の義兄にあたる。父の姉である伯母さんは亡くなっていた。そのせいかどうか、私たちが幼いころからときどき伯父さんが父の事務所へ訪ねてきてくれることはあっても、父が伯父さんを訪ねることはあまりなかったように思う。ただ祖母が田舎から出てきたときは必ず伯父さんの家を訪ね、泊まってくるようだった。

理恵ちゃんが突然、いつものようにふらっと訪ねてきたような伯父さんに連れられて父の事務所に見えたのは、去年の春、つまり私が六年生になる前の春休みのときだった。それまでは理恵ちゃんに会ったことはなかったし、伯父さんの家族について私は何も聞かされていなかった
もんぺの上に紫地に白い絣模様のある銘仙の上着を着て、非常に透明感のある肌の、小柄ではあるが清楚な感じの女学生、それが理恵ちゃんだった。大きな風呂敷包みを脇に抱え、父と母と私にニコッと微笑んでお辞儀をした。そして女学校に入学できたし、参考書などの受験用のものはもういらなくなったからと言って、応接間をかねた父の事務所の机の上に抱えてきた風呂敷包を置き、その結び目を解きはじめた。

受験用の参考書の類は当時の受験生にとって何よりもほしい、だが手に入らない宝物に似

ていた。その宝物が眼の前の風呂敷包みにいっぱい入っている……。

長引く戦争や戦況の悪化で、国内の食糧や日常物資の欠乏は極限に達していた。何もかもをごくわずかな配給に頼っていた。紙類も例外ではなかった。どの本屋にいっても棚はからっぽだったし、学校で使う教科書は活字だけの、薄っぺらの小さな冊子で代用された。新しい参考書や受験用の本を当時、私は目にしたことがない。

とにかく読むものがなかった。押入れの奥の母の古い婦人雑誌を引き出してきたり、「大菩薩峠」を読み始めたり。「のらくろ」や「猿飛佐助」は、兄貴のいる友人の家へ日参のように借りに行って読ませてもらった。五年生の終わりごろから少しずつ始められていた学校での受験勉強も、体育とともに、勉強にも熱心だった若い担任が謄写版で刷ってくれたパンフレットが参考書だった。

理恵ちゃんの風呂敷包みにも立派な新しい本は入っていなかった。使い込んだ参考書や薄い手書きの冊子、パンフレットの問題集のようなものだけだった。机の上にそれらを並べながら、このパンフレットの算数の問題は難しいけどとても役に立つとか、この冊子は小さくて古いけれどもいい問題が載っているとか、自分の受験勉強時代を振り返りながら話してくれた。一見おとなしそうに見える理恵ちゃんだったが、しっかり勉強しているようだったし、何よりもその親身な話ぶりに姉のない私は、お姉さんのそばにいるような温かみを感じた。ただ頷きつつ、理恵ちゃんの話に耳を傾けていた。

外で遊ぶのが大好きでメダカを捕りヤンマを追い、石けりに木登りにと、学校から帰ると母に叱られるまで男の子と一緒に遊び呆け、宿題も忘れてしまうような毎日のなかで学校へ通っていた。そんな私が勉強することの楽しみを味わい始めたのは、これらの古い冊子やパンフレットのおかげだったと思う。◎や?マークとともに、複数の人の書き込みもあり、筆跡の主を想像してみたり、理恵ちゃんの顔を思い浮かべながら、鶴亀算を解き、好きな歴史の年表作りに夢中になった。とにかく、勉強が楽しくなった。

紫陽花を見にいらっしゃいと電話のあったのは、受験勉強に熱の入り始めた五月下旬、一年前のちょうどこの季節だった。受験のための放課後の補講も始まっていたが、「とても美しい」という紫陽花の花を見てみたかったし、理恵ちゃんと話もしたかった。

家の門の前で理恵ちゃんは私を待ってくれていた。ニコッとするとすぐ私の手を引っ張って、木戸の中へ入っていった。

「いいお庭ねえ」

背の高くないアカマツやクロマツ、花を終えたソメイヨシノやしだれ桜、大きな白い蕾をつけた背の高いタイサンボクなどが目に入った。庭全体に十分剪定が行き届いているとはいえない状態ではあったが、それがかえって野性的な小さな森に近い豊かな美しさを感じさせるのびのびとした庭園だった。

「この頃はねえ、父が庭の手入れをするのよ。男の人は皆、招集か軍需工場でしょ」

伯父さんはきっと庭の手入れもお好きなのだろう、目の前にひろがる庭はどこか伯父さんを彷彿させる自由な気分があった。

その木々の間から、漂っているような白や青紫の鮮やかな色が眼に飛び込んできた。

「紫陽花?」。私は築山の方へ脚を急がせた。かなり広い築山は、紫陽花の花の青や白、紫の爽やかな色で埋まってしまっていた。

「これ全部、紫陽花? きれいねえ」

青、白、紫――。紫陽花のみずみずしく品位のある色合いは、どんよりした戦時の梅雨空を突き抜けそうだ。目の覚めるように清らかで豪華な美しさである。

築山を中心にひろがる細長い池の周りにも、手毬のようなほっこりと丸い紫陽花が朝露をたっぷりと含んだまま、ゆらゆらと揺れている。

「きれいでしょう?」。理恵ちゃんの言葉に私は頷いた。戦時下であることを忘れてしまいそうだ。

「丸いのはね、手毬咲きっていうのよ」

「手毬咲き——。いい名ねえ。本当にきれいな大きな手毬ねえ」

私はそっと、露をいっぱい含んだ花に手を触れてみた。

「額紫陽花から変化した種類だそうだけど。いつのまにか、こんなにたくさん咲くようになってしまって。紫陽花は他の花にくらべて手入れはとても簡単だって、父はいうのよ」

私はただ、きれいねえを連発し、手毬そのままの丸い紫陽花に手を触れながら、豪華で清潔な花の美しさに見とれているだけだった。

戦時下でもあり、受験のことも考えてくれたのだろう、理恵ちゃんは私を長くは引き留めてはいなかった。温かいお善哉をいただき、午前中に帰ってきたのだった。帰るとき、大きな紫陽花の花束を外から花が見えないように風呂敷で包み込んで、渡してくれた。

その後入試までの間、灯火管制の厳しくなっていく夜を、私は自分でも驚くほど本気で机に向かっていたと思う。勉強することの楽しみを初めて知ったのだった。

理恵ちゃんの通う同じ女学校に入学できたとき、伯父さんと一緒に理恵ちゃんがまた訪ねてきてくれた。入学のお祝いに来てくれたのだ。

金茶色の濃淡が透かし模様のように見える美しい万年筆をいただいた。新しい万年筆などどこにも見られなくなってしまっていた時代、伯父さんはどのようにして手にいれられたのだろう。女学校の授業がはじまったとき、父親や兄弟の男物の古い万年筆を使っている人たちのなかで、私は自分の手元だけが光って見える気がした。

入学式には一学年上の理恵ちゃんの学年も講堂に集まり行事に参加したが、その後は私たちの学年だけが講堂で朝礼を行うことが多かった。三年生、四年生には会ったことがない。学徒動員で工場などに行っていて、学校には通ってきていなかった。

一学年上の人たちが通学してきたときの運動場は賑やかだった。理恵ちゃんはおとなしそうに見えるのだが、いつも五六人の友人に囲まれていた。そして私を見つけるとニコッと微笑んだり、友人を連れて話にきたりした。上級生に囲まれて嬉しいやら恥ずかしいやらで、最初の頃は自分が何を話しているのかもわからなかった。

——繁華街に近い道路に来ているのに町には人通りはまったくない。

今年の紫陽花はどんなだろう、去年と同じように美しいだろうか、などと露を含んだ花の大輪を思い出しながら銀行に沿って曲がると、理恵ちゃんの家の木の緑が見えた。塀も見えてきた。去年の白壁は汚く黒く塗られている。

玄関の方に曲がろうと黒く塗られた塀に沿って歩いていると、小さな木戸が開き、理恵ちゃんの顔が覗いた。笑顔を見せながら私の手を握って、木戸の中へ引っ張りこんだ。

目の前に新緑に燃える庭がひろがっていた。その木々の間から、庭の奥の築山が見える。苔に包まれた岩石を覆って開花したばかりの紫陽花が、梅雨の雨を十分含んで生き生きと輝いている。

「きれいねえ」

思わず私は、去年と同じように感嘆の声をあげながら築山の方に足を運んだ。

「おじさんは、本当に紫陽花がお好きなのね」

「花が大きいから華やかでしょ。毎年咲かせているうちに、大きな花が咲くようになったの。父はね、紫陽花の色が好きなのよ。日本の花ではあまり見かけない色だし、西洋の色っていう感じでしょ。この庭のような日本のお庭ではなく、西洋館のある庭に似合う気がするわ」

「そうね」

私は洋風の家や公会堂などを思い浮かべ、自分の想像力をいっぱいに働かせて頷いた。そして、梅雨期の雨を十分ふくんだ紫陽花の西洋的な色彩は、おじさんの洒脱さとどこか共通しているとも思った。

「紫陽花は西洋のお花のようだけど、日本原産のお花ですって。日本に古くからあって、万葉集にも詠われているし、平安時代にはたくさん詠われたようよ。日本原産の額紫陽花が中国に渡り、そして西洋に渡って、品種改良されたのですって。西洋では人気があって、この丸い手毬咲きは西洋のお花ね。日本原産のお花だのに、日本では昔から嫌われてきたようよ。だから園芸種として育たなかったといわれているの。ほら、色が変わるでしょ。青から紫、そして少し赤っぽい色がついて――」。

理恵ちゃんは一気に紫陽花について話してくれた。

「八仙花ともいわれたそうだけど。とにかく、色の変化していくのが変節のように感じられて、嫌われたらしいの」

「ふーん、八仙花っていわれていたの」

「でもね、春朗さんはね、その変わるところがいいっていうのよ」

「――春郎さんって？」

理恵ちゃんは、私が座っている廊下の方へ飛び石を渡ってきた。顔を少し赤らめているようだ。

「父の親しい友人の……」と少しどもりながら、

「……真ん中の……息子さん。小さい頃から遊び友達だった。木登りが得意で、やんちゃで……。私はいつもその家来。でも妹みたいに可愛がってくれたの。学徒動員で呉にいっていて、こんど知覧に移って……。先週学校を休んで知覧まで行ってきたのよ、春郎さんのご両親といっしょに。特攻に出るかもしれないから、ぜひ会ってやってほしいって、おじさんに言われたから」

理恵ちゃんは飛び石からぴょんと縁側に跳びあがってきた。

「この間の写真を見せてあげましょうか。写真館で、頼んで撮ってもらったの」。

奥へ入った理恵ちゃんは、すぐに立派な台紙のついた写真をもってきた。

中年の穏やかな感じの夫婦と春朗さんの写真、春朗さんと理恵ちゃんとが並んだ写真の二組だった。

長い軍刀に両手を重ね、春朗さんは痩身で背が高く、凛々しく立派だった。かつてはやんちゃだったという面影がない。そばに並んだ理恵ちゃんは、いつもと同じおかっぱに近い髪を七三に分けてぴんで止め、もんぺをはき、和服の柄模様の上着を着ていた。もう私とは違う大人の雰囲気を漂わせているように見えた。

春朗さんと理恵ちゃんとは許婚者なのだろうか。まぶしい思いで私は二人の写真に見入っていた。

「春朗さんもね、紫陽花の色がお好きなのですって。青、紫、赤と色の変わっていくのがいいって。少女から大人になっていくのを見ているようで楽しいって。私はまだ青い紫陽花なのですって」。

かすかな羞恥を顔と動作に見せて、理恵ちゃんは言葉に躓きそうになりながら話した。

私はもういちど春朗さんの、しっかりと前方に瞳を向けている顔を見つめた。

いつ特攻に出られるのだろう。沖縄では毎日、日米の激しい攻防戦がくりひろげられていると報道されていた。私の国民学校のかつての若い担任の先生は時々、授業のはじめに、戦況について話してくれた。九州などの基地から毎日特攻隊が出撃し、多くの若い命が失われていると涙を流しながら話された。

春朗さんは無事に帰ってこられるだろうか。無事帰ってこられて、お好きだという紫陽花をもういちどご覧になれるだろうか。

私はちらっと、理恵ちゃんの顔を見上げた。

理恵ちゃんの背後の築山の紫陽花が風にゆらめき、露がかすかな光のなかで鈍いきらめきを放っている。曇天の中で肌の透明な理恵ちゃんが、紫陽花の精のように見えた。


日に何度も空襲警報のサイレンの音をきくようになった。編隊を組んだ米軍爆撃機の関西地域への通過点にすぎないと、どこかのんびりした思いで眺めていた私たちの市の上空も、次第に爆撃機の影が大きく感じられるようになった。そして私たちの市も空襲予定に入っていることを予告するビラが、市中に撒かれはじめていた。米軍の飛行機が撒いていくということだった。

こんな情勢下にあっても、そして近辺の大都市が焼け野原になったという噂があっても、私たちはまだ、無差別焼夷弾爆撃の怖さを悟ってはいなかった。バケツで消火リレーの練習や竹やりで攻撃訓練をしていたのだから。

六月末から私は首のリンパ腺を腫らし、小学校に入学以来はじめて学校を欠席した。高熱と痛みのあった四、五日を欠席し、首から頭へ包帯を巻きつけて学校へ通った。そのとき、休憩時間に私の前に跳んできた理恵ちゃんは、まるで姉が妹を諭すような口調で、去年使ったノートを持ってきてあげるから無理をしないで休むように、といってくれたのだった。

その日私は、一日の授業を終えて無事帰宅した。

その日が理恵ちゃんに会った最後だった。


理恵ちゃんに会った日から二日たった七月九日の夜中、私たちの市は米軍爆撃機百余機による空襲を受けた。夜中のたった二時間足らずの無差別焼夷弾攻撃で、人口二十万足らずの市のほとんどが焼け野が原になった。六千メートルに達する煙柱をともなう火災が全市を覆い、何度も大きな爆発があり、白色の閃光が発生して激しい乱気流が起こった、と当日の米軍の報告書に記されている。

とくに避難場所に指定されていたお城の周辺は、米空軍による執拗なお城への空爆があり、炎熱地獄の風景であったという。台風なみの熱風で車も人間もドラム管も空中高く舞い上がり、地上に叩きつけられた。左右前後と走る火は人間を火災の中へ吹き飛ばし、人が生きながら、走りながら焼かれていった――。

私の家のあった辺りも熱風が吹き荒れ、焼死した人が多かったようだが、私たち一家は奇跡的に無事であった。

両親と幼い弟たちは朝早くから食料補給のために買った郊外の田へ出かけていたし、私と妹は全市が戦火に囲まれそうだと察知して、空襲の始まる直前に防空壕を跳びだしていた。郊外に近い田植えの終わったばかりの田圃の中で、焼夷弾を避けながら一夜を過ごした。

空襲のあった夜が明けると、地平線まで市中は瓦礫の野だった。破壊された街に昇る太陽はピンク色じみた、締まりのない、妙に大きく見える太陽だった。川には赤ん坊や老人の死体が流れ、道路や瓦礫の上には黒焦げの人体が丸太ん棒のように転がっていた。

壊れた橋の下に、窒息死したであろう人たちの一塊があった。抱き合うようにして亡くなっていた。

私と妹は家のあったもとの場所で、お昼ごろ父に、夕方には母や弟たちに会うことができた。幽霊に会ったような気持ちだった。焼夷弾を受けながらも全焼を免れた父の工場で一家そろって眠り、畑のキュウリやトマトをかじり、やっと生きている実感が身体に甦った。

空襲のあった日から三日たった昼過ぎに、上町の伯父さんが工場へ父を訪ねてきた。半分くらいお酒の入った一升瓶を手にぶら下げていた。伯父さんは私たちの家の焼け跡に寄り、そして工場へ訪ねてきてくれたのだろう。

いつもはにこやかな顔がにこりともせず、怖いような眼のままで父と言葉を交わすと、すぐに機械の据わっている工場の奥へ入っていった。

奥の扉を閉めたまま、父と伯父さんは長い間話し込んでいるようだった。夕方近く、赤い顔をして眼を腫らした伯父さんは私たちに声をかけることもなく、出入り口に渡している門の下をくぐり、どこかふらふらしているような足取りで、瓦礫の上を歩いていった。父は途中までその後を追うようについて行っていたが、瓦礫の途中で立ち止まり、肩を落として帰っていく伯父さんの後ろ姿をいつまでも見送っていた。

私たちの前に戻ってきた父は、「義兄さんが消防団で出かけていた間に、理恵ちゃんたち四人が焼け死んでしまったらしい。まだ遺体も見つからんようや。あの屋敷に百発の焼夷弾が落ちたと言うていた」と、ぽつりと言ったきり、また工場の奥に引っ込んでしまった。当時若い世代の男たちが出征した後、中年から初老にかけての男性が消防団に属し、消火活動にあたっていた。

伯父さんの家はお城に近く、火災の旋風の吹き荒れた真ん中に近いところにあった。この辺りに住んでいた人はなるべく早くその場所を離れていなければ、生きることは難しかっただろうとの噂だった。どの方向に逃げても炎に包まれ、逃げ場がなかったろうから。理恵ちゃんたちの遺体はまだ見つかっていないと、叔父さんは父にいったそうだ。

その夜、私は工場の外に出た。焼野原になった地上の地獄など関係のないような、美しい夜空だった。空襲のあった日の、空襲の始まる前の夜空もきれいであったことを思い出した。

理恵ちゃんが焼死したということが私には信じられなかった。

「無理しないで。去年の私のノートをもってきてあげるから」と言ってくれた理恵ちゃんの言葉がはっきりと、耳に残っている。その後から、火炎のなかを必死に右往左往する理恵ちゃんの姿が目の前をよぎる。

「理恵ちゃん!」

空襲のあった夜、いつもは防空頭巾といっしょにしっかり身につけるようにしていた防空袋を持たずに、私は防空壕を跳びだしていた。防空袋の中には、私の貴重品である教科書と万年筆、手づくりのノートと硬パンが入っていた。入学祝いにいただいた美しい万年筆を焼失してしまったのだ。あの万年筆を焼いていなければ、理恵ちゃんは焼死することなんてなかったのではないか——。私にとってあの万年筆は理恵ちゃんそのものだったのだから。

「ごめんね、理恵ちゃん!」。私は夜空に向かって泣き叫んだ。

「万年筆を焼いてしまって——、ごめんね」。空襲のあった夜からはじめて、私の目から涙があふれ出てきた。

私たちはその後の一年を親類や海辺の家で過ごし、翌年、もとの市にもどってきた。工場のそばに建てたバラックで生活をはじめた。私はもとの女学校にもどり、妹も同じ女学校に通いはじめた。

ある日外から帰ってきた父は、「今日、上町に寄ってみたんや。あの放蕩者だった義兄さんが、広い屋敷の片隅で小鳥を飼っていた」と話した。

その時はじめて私は、叔父さんは若い頃、かなりな放蕩を繰り返していたこと、賢く優しかった伯母はそれで死期を早めたと父の家族は信じ、伯父さんにはいい感情をもっていないことを知った。伯母さんの後の人もいい人であることを父は話してから、七人あった子供のうち上の三人の女の子と小さい男の子の四人を亡くしたそうや、女の子たちは皆、ようできたらしい。女高師へいきたいというてたのに、こんな時代やからと思って躊躇したんやが、進学させてやればよかったと涙を流していた、と話した。

私はおとなしそうに見えて、いつも輪の中心にいたような理恵ちゃんを思い、理恵ちゃんに借りた冊子などの◎や？の印を思い出した。まじめに、しっかり勉強をしていた姉妹だったのだろう。

紫陽花の季節になった頃、私は父にせがんで、伯父さんの家のお墓に連れていってもらった。古い寺にある伯父さんの家の墓前には、あふれそうにたくさんの、いま切ってきたばかりのような額紫陽花が供えられていた。

父と別れてひとりで伯父さんの家に向かった。広いお屋敷跡は終戦から二年近くたっているのに瓦礫の山だった。焼夷弾が百発落ちたという屋敷内は、樹木の根っこも残っていないように見えた。私はしばらく呆然と、かつては品位さえ感じられた屋敷の跡を眺めながら、その場に立ちつくしていた。

戦火に囲まれて理恵ちゃんはどんなに熱かったろう、どんなに苦しかったろう、どの方向へ逃げようとしたのだろう、まだ遺体は見つかっていないという。

片隅の小さなバラックのそばで伯父さんが小鳥の籠を掃除していた。

身体全体が小さくなったように見えた。私に気づき、かすかに目元をゆるませた。

籠の手入れの手をゆるめない伯父さんに私は、お墓に紫陽花が供えられていたことを話した。

「春朗くんだろう。特攻で出発の前日、盲腸炎になって命が助かった」

それだけをぼそっと言って、さみしそうな微笑を浮かべ、長い間私の目を見つめていた。春朗さんが生きていられる。私は驚きと同時に、理恵ちゃんをはじめ亡くなった上の三人というのは、私と血の繋がった従妹だったのではないだろうかと、おじさんの目をみつめながらふと思った。

小鳥籠の掃除をはじめた伯父さんは、再び私の方に目を向けることはなかった。

その後、私は伯父さんにお会いしていない。

一升瓶を提げて父を訪ねてきてくれてから、伯父さんは父を訪ねてきてくれることもなくなった。「町で自転車に乗った義兄さんに会った。だいぶ元気になったようだ」と、伯父さんの消息について父が話してくれたことがあっただけである。

祖母の家に行っても、小柄でどことなく理恵ちゃんを彷彿させる品のいい祖母も、上町の伯父さん一家について話してくれたことはない。

梅雨の季節になると私は、父について小さな山を歩くようになった。

理恵ちゃんが待っていてくれる気がするのだ。

今年もしとしとと降る梅雨の雨の中を、慣れた足取りの父の後を追って近くの山を歩いてきた。

山の中で育った父は、山の植物や生き物にも詳しい。

父の家では紫陽花の花の咲く六月、その花を軒下に逆さまに吊るす習慣があったそうだ。紫陽花は毒性の植物であり、毒のある紫陽花を逆さにつるすことによってその毒が罹病をはね返す、という一種のおまじない、お守りとされていたらしい。

日本では紫陽花は西洋のような観賞用としての人気はなかったが、古来の宗教や生活習慣と結びついた独自のかたちで古くから人々の生活の中に入っていたのだろう、と父は話した。

父の話を聞きながら、私は改めて梅雨の山を見渡した。

満緑のなか生き生きと自生している額紫陽花の白や薄紫の小さな花に、野の神が宿っているような素朴な品のあるのに気づいた。

小柄で楚々として、小さな玉を抱いているようだった理恵ちゃんそのものだと、最近とくに思うようになった。

小説

# 黄葉の樹の下で

昭和三十二年秋……。

黄葉した街路樹が美しい。

その小さな町はお伽の国のようだった。

駅から町を南北に二分する県道の欅の街路樹。街の中央部の、県道に面した公園の屋根のようなユリノキや銀杏の古木。それらの樹々が、黄葉との最後のひとときを惜しむかのように風にゆれ、ゆさゆさ、さらさらと、小さな町とその空を黄金色に動かしていた。

朝の通勤時が過ぎ人のざわめきも去って、町には樹々のゆれる音だけがあった。

公園に一人の掃除夫の姿が見えた。

箒をもったまま、また胸のポケットに手を突っこんだ。

新聞の切り抜きを取りだす。その日の朝刊に、ソ連に抑留されていた最後の引揚者の名前が発表されていた。

彼は赤鉛筆で囲んだ文字を凝視した。今朝から何度この名前を見つめ、見つめ直したことか。

佐田が生きていた……。

掃除夫は深い息をした。

空を見上げる。

上空に黄葉が騒いでいる。その隙間の青い空には一点の雲もない。冬の早いこの地域でこの時期、雲のない空は珍しい。暗鬱の卵を抱いたような雲が空のどこかに、いつも引っかかっているのだが……。雲を探すかのように彼は頭を動かしていたが、やがて、顔を空に向けたまま、目を閉じた。

澄んだ光が瞼の裏にまでさし込んでくる。そのなかを佐田の明るく笑っている顔が横切った。今朝発表された引揚者のなかに佐田守の名を見出したときの驚愕が、ようやく、長年の荷をおろしたような安堵感となって、掃除夫の胸にひろがりはじめていた。……

佐田は片岡幾雄の満鉄時代の部下である。

佐田の大柄な明るい性格を片岡は好きだった。

満鉄時代にはよく家に招いたものだ。高い背を折って敷居の下から照れたような顔が目で笑いながら覗くと、部屋のなかに明るく、温かい空気が流れてくるようだった。彼がいるだけで座が和やかになった。

片岡の妻も佐田が訪ねてくるのを喜んだ。屈託なさそうな外見に似ず、つねに周囲の人の身の回りや日常への優しい目と気配りが彼にはあった。

「佐田さんの奥さんになる方はお幸せね」

「幼い時母親を亡くし、父親が亡くなったときは彼が十八歳だったらしい。その後ずっと弟妹の世話をしてきたということだ。いまでも弟妹思いだよ。人に温かいのは性格もあるが、弟妹のことで苦労をしてきたからでもあるのだろう」

「妹や娘がいたら、お嫁にやりたいくらいですわ。男らしくって、思いやりがあって。旦那としてこれ以上望むものはありませんもの」

佐田が帰ったあとで夫婦は、よくそんな会話を交わした。

佐田も片岡を慕った。家族の相談事を持ち込んだり、弟妹を連れてきていっしょに食卓を囲んだり……。

終戦時に二人はそれぞれ、ソ連に連行された。いくつかの収容所を経て、主に戦犯者が収容されていたハバロフスク収容所で再会したのだった。

二人に戦犯の容疑がかかったのは、満鉄時代の上司の根拠のない告発によるものだった。

そのことを、同じ収容所で出会ったかつての同僚から聞いた。

片岡は怒りで身体がふるえた。

ソ連は日本捕虜の、日ソ開戦前の仕事の内容を追求することによって戦犯者をでっちあげようとしていた。旧軍人や特務機関所属の者と同様に、満鉄調査部に勤務していた者にたいする尋問は厳酷だった。わずかな関わりでも犯罪とされた。

片岡は満鉄に勤務していたが、調査部に所属していたわけではない。南満州鉄道株式会社の輸送部門を担当し、情報収集や調査部門とは無関係だった。それは佐田も同じだった。

むしろその上司が、輸送業務の責任者という立場上、関東軍との接触も多かったはずだ。将校がつねに訪ねてきていたし、軍との連絡、協調がなければ、当時上司が務めていた役職を果たすことは難しかったろう。

上司の密告を知ってから片岡は、群れから離れた猿のように、以前にもまして自分の殻のなかに閉じこもるようになった。収容所を転々とするうちに自然と身についてきた保身の姿勢が一段と強められた。誰とも口をききたくなかった。頑なに孤立を守り、他人との接触を避けた。

沈黙、沈黙だ。すでに戦犯以外の一般の抑留者の多くは帰還したようだ。軍人でもない自分がなぜ帰れないのだ。小便も凍る極寒と、死と背中合わせにいるような飢餓感から早く逃れたい。虫けらのように扱われる生活から早く解放されたい。一日でも早く日本へ帰りたい。それには沈黙、沈黙だ。沈黙を守って、せめて人に不当に密告されることだけは避けねば……。周囲の事象にますます不感症になっていく自分に向かって、彼はさらに強く自分にそう言い聞かせた。沈黙……。それは生きて妻子に会いたいと願う彼自身の胸への、切実な励ましの呪文でもあった。

ハバロフスク収容所に移されて間もなく、別の囚人のグループがその収容所に送られてきた。

戸外作業の日の昼食時を過ぎた寒い午後だった。

まばらな森林の中は、その日も零下二十度ぐらいに下がっていただろう。春に近い三月だったが、吹雪く気配さえあった。

その日は保安本部内の祝い事があるとのことで、監視官の人数が少なかった。

俘虜の一団から離れ、背を丸めて、彼は朝から伐採した太い丸太棒に腰をかけていた。下痢気味だったのでその日の昼食を湯のようなスープだけですませ、支給された小さな一切れの黒パンをポケットにしのばせて作業に出た。が、空腹に耐えきれず、そのパンを齧るように食べはじめた。生きるための大切な一切れだ。一切れの黒パンさえ支給されないことがある。硬く凍ったパンを噛み砕き、舌で味わいながら、少しずつゆっくりと胃へ送る。

黒い囚人服を着た男が近づいてきた。片岡は残った黒パンをしっかりと胸に抱きしめた。男は片岡のそばを通り過ぎてゆく。通り過ぎながら、片岡の名を囁くように呼んだ。いや、自分の名が呼ばれたように耳に聞こえた。

ぎょっとした。幻聴かもしれなかった。パンを胸に抱いたまま、食べる姿勢を崩さず、じっと丸太棒に座っていた。そして胸に囁いていた。沈黙……だ。沈黙。

しばらくして男はまたふらふらと、片岡のそばに寄ってきた。

「佐田です」と、その男は小声で言った。

相手に身構える気持ちがパンを抱いた片岡の胸の中を走る。

佐田です……と、片岡は自分の腹のなかで男の言葉を復唱した。

佐田……?。躊躇しながら、パンを胸に握りしめたまま顔を少しあげた。痩せて生気のない男の顔が目の前にあった。髭だらけの汚い顔を片岡に向けている。懐かしそうに眼をしばだたせている。

男の窪んだ眼を彼はしばらく見つめていた。その目の奥に涙がうっすらと光りはじめている。

おお……。片岡は思わず立ち上がりそうになった。

その気持ちを抑え、中腰のまま、前に立った男の顔を覗きこんだ。涙の奥に、不敵さと温かさとが同居したような目が自分を見つめていた。昔と変わらない魅力的な目の光は、佐田の目の光だった。

佐田だ……。我を忘れて、片岡は立ち上がっていた。

「おお……」

沈黙のことなど、すっかり頭から去ってしまっていた。喜びが胸の底から突き上げてくる。綿が見えて継ぎはぎだらけの防寒具の上から、片岡は佐田の痩せ衰えた身体を力いっぱい抱きしめた。佐田も自分の生きていることを確かめるように、何度か片岡の名を呼び、汚く痩せたその身体をかつての上司に預けていた。

はっと気が付いて、片岡は慌てて佐田の身体を離し、周囲を用心深く見回す。

誰もいない。もういちど佐田の身体を抱きしめた。

旧知の人に会えたという、長い間忘れていた人間らしい素朴な喜びの感情が実感となって、ゆっくりと全身を巡るのを片岡は感じていた。凍っていた心臓の底に灯がともり、再び本来の温かい血が自分の体内に流れはじめたのを、しっかりと感じていた。

それにしても、佐田の身体の衰弱ぶりはひどかった。

三十歳を越したばかりの若さで、白髪が混じり、痩せてとんがった身体は老いさえ感じられるように動きが緩慢だった。取り調べがきつかったに違いない。ぼろぼろの衣服と同じように、その身体もぼろぼろなのだろう……。

片岡は痛ましい思いで、囚人帽をかぶった頭から破れた靴の先までを、何度となく、目を走らせた。

飢えと極寒と重労働のなかで、それでも佐田の若い身体は少しずつ、回復をはじめた。

二人は、満鉄時代の知人であったことを収容所の日本人捕虜やソ連の監視官、警備兵に悟られないよう細心の注意を払いながら、さりげない言葉や目くばせだけの挨拶を交わし、行動した。

佐田がいると、満鉄時代でもそうであったが、不思議に身辺に安らかな空気が立ちはじめる。地獄のような収容所の生活のなかで何とはなく、心身ともに人間らしくなっていくのが片岡には嬉しかった。無理な沈黙のために失語状態になりかけていた言葉ももどってきた。

そしてそれらのことが、冷え切っていた身体の体温を、少しずつあげてくれているような気さえした。

地獄の底からようやく這いあがれた気分の日々も、長くは続かなかった。

ＭＶＤ（ソ連国家保安秘密警察）は執拗だった。

真夜中に起こされた二人は再び防寒具を外され、じめじめした冷気のたちこめる営倉に入れられた。わずかな食事の量がさらに減った。殴打はなかったが、飢えと寒さと不眠で虐待するのが、ソ連保安部のやりかただった。連日連夜の尋問が繰り返された。

佐田との親しさを誰かに知られ、告げられたのか……。

片岡は失神していく意識の中で「ダモイ」とわめく検察官の声を聴きながら、佐田の名を漏らしていた。

満州での生活の長かった佐田はロシヤ語が堪能だった。終戦までの僅かな期間、ハルピンの特務機関にひそかに協力を強制されていたのを彼は知っていた。

昭和二十五年、片岡は帰還した。

妻子はその四年前、満州からの引揚の途中で亡くなっていた。

子供を背負って橋を渡っていたときに橋が落ち、下の川に転落して死亡したという。板だけをのせたような粗末な橋に、逃げ遅れまいと大勢の避難民が一度に渡ったためらしかった。妻子とつねに行動をともにしてくれていたかつての隣人を訪ねてその事実を確認したとき、彼は生きていく気力を失った。身をよせる親類もいなかった。

死に場所を求めるような気持ちで、彼は幼時をすごした東京へ向かう切符を買った。ローカル線を降りて国鉄本線に乗り換えるために、プラットホームを歩いていたときだった。

正面の壁からひとつの顔が目にとび込んできた。県会議員候補者の告示板だった。選挙ポスターの中にある顔は、何度見てもかつての上司の顔である。多分血色もいいのだろう。別人のように肥えて、顎が二重にくびれている。が、満面笑みのなかにすわる目と鼻の傲慢さは、かつての上司の顔に違いなかった。

壁に貼っているその顔に近寄った。姓は同じだが、名が違う。兄弟だろうか。

彼はしばらくその顔を見つめていた。

気が付くと、彼は駅の改札口を出ていた。市役所へ向かっていた。

「ああ、あの県会に立候補している方ですね。あの方の弟さんは有名な航空士官だったそうで、南方で戦死された。その供養だといって、弟さんの名前で立候補しているのだそうですよ。人情家のあの人らしい。なかなかのやり手だし、信頼できる人ですな。ここの出身で、私たちも応援しています」

市役所を出て、彼は街路樹の下を歩いた。

晩秋だった。戦災を免れた石畳みの急な坂の多いかつての城下町は、古木の黄葉のなかで、中欧の都市を思わせる美しい風景をつくっていた。

街路樹の下を憑かれたように一時間余り歩きまわり、彼は市役所のある町を出た。そして、やはり古木の樹々の美しいこの小さな町にやってきた。町民の集う公園があった。

公園を彩る黄葉は片岡に妻子を思い出させた。

かつて妻子とともに住んでいた家は庭が広く、杏子やポプラの木があった。黄葉の季節になると毎朝妻は、落葉と闘うように庭を掃いていた。シバリア抑留中、凍土のなかで、カサコソと転がる枯葉の音を彼はどんなに恋い焦がれたことか。

幾日かの間公園のベンチで、彼は毛布にくるまって寝た。

雑役夫を募集中と聞いた。応募した。かつての上司の住む場所から少し離れたこの小さな町に、彼は住む決心をしたのだった……。

あれから何度めの秋だろう……。

掃除夫は新聞の切り抜きをポケットに戻し、落ち葉であふれた公園を丁寧に掃きはじめた。

平安な気分だった。かさこそと枯れ葉が風に転がる音のなかに、妻の控えめな笑顔があった。割れるような赤子の泣き声があった。

また佐田のことを思う。

佐田に妹がいた。目元が佐田に似た、すらりと姿の美しい、少女のような女だった。

当時二十歳を過ぎたばかりだったその妹に、妻子のあった上司は執着した。許婚者を南方で亡くしたばかりだった佐田の妹は、悲しみに折れるように、言い寄る上司と情を交わした。

佐田は怒った。上司を殺さんばかりの怒りようだった。そして妹を内地の親類の家に預けた。

そのときも片岡は、自分のことのように佐田の相談にのり、傲慢で無責任な上司と佐田やその妹との話し合いの間に立った。

あの妹も無事でいるといいが……。


翌日、その町から掃除夫の姿が消えた。

その歳の暮れ、一人の県会議員の死体が雪のなかから発見された。

県会議員の死が報じられた日、同じ県の小さな町の公園で、かつてそこで掃除夫をしていた一人の男が服毒死していた。落葉しぼっそりと深く雪をかぶったユリノキの古木の下のベンチの上で、毛布をかぶり、眠るように死んでいた。胸のポケットに幾葉かの黄葉が入っていた。

小説

# 葉書

目が覚めた。

仰向いたまま身体を少し左にねじり、右手をのばして布団の下から一枚の葉書を取りだした。

胸の上にもってきて左手を添え、頭と並行に暗闇のなかに立てた。

窓ガラスを通して夜の光が透けてくる。目を細め、ぼんやりと白く浮きあがった葉書に目をこらす。その真ん中に、角の丸い活字のような文字がきちんと一列に並んでいるはずだ。

(早く元気になってください)

頭と目をこらし、念仏のように口についてしまっている一行の文字を丁寧に胸のなかで読んでいく。新しい苗が泥田に植わるように文字が一字ずつ植わって、私の胸に緑の風がそよぎはじめた。最後のピリオドまでしっかりと胸のなかに植え込む。(氣)の字の(米)が少しはみ出ているはず。それも胸の膨らみのなかに収めこんだ。

そっと葉書の真ん中のあたりを指先でなでる。

両肩をふって歩く横田くんの白い開襟シャツの袖が頬にふれた氣がした。

隣の布団から妹や弟たちの平穏な寝息が聞こえる。障子をへだてた向こうも静かだ。焼け跡に建てられたそうぎ屋根のバラック小屋は、暗く寝静まっている。終戦一か月前の空襲で、私たちの住む市のほとんどが破壊された。私たち一家は終戦後、全焼を免れた父の工場の敷地内のバラック小屋に住んでいる。

鳥の鳴き声が聞こえはじめた。夜明け前のようだ。

もうひと眠りしなくてはならない。栄養をとってのんびり寝ていること、焦ってはいけませんぞ。昨日医者が来診し、巨体の腹をゆらしながら私を見据えて言った。安静には眠ること、眠っていると何もかも忘れることができる。

また右手をいっぱいに伸ばし、敷布団の下に敷いている半紙の間に葉書を挟み入れた。目を閉じる。熱がなく身体の苦痛もない平安な気分で呼吸をしているのが不思議だ。生きているのが信じられない気持ちだ。頬を掴む。硬く縮まっていた皮膚が一週間たって、柔らかくなってきている。

もういちど手を伸ばして体をねじり、布団の下から葉書を取りだした。胸の上におく。少し嵩高くなった氣のする胸部を大きく膨らませ、息を吸い込んだ。

この葉書の届いた頃から私の生命の風向きが変わった。両手で葉書を抱きこみ、抱いたまま、再び目を閉じた。

二か月前に結核性腹膜炎と診断された。

その半年ほど前から血沈が異常に速くなり、微熱が出はじめた。大学付属病院で検査や胸部のレントゲン検査を繰り返していた。やっと病名を告げられたとき、十六歳の身体は乙女らしい膨らみを失っていた。生理も止まっていた。それから一か月足らずの間に、崖を飛び落ちてゆく速さで病状が悪化した。横田くんからの見舞いの葉書が舞いこんだころ、私の肉体は死の境内へと少しずつ手繰り寄せられはじめていた。朝から体温は三十九度。腹痛と下痢で、粥も薬も喉を通らなくなっていた。

その日の朝も母の執拗な促しに負け、枕元の盆の上の粥をおそるおそる口に入れはじめた。二口ほど食べた。背中から痛みがさしてきて全身を這いめぐりはじめる。布団から出ていた半身をまた、布団のなかへ入れた。母の手が背中を撫でおろしている。痛みが薄らいできた。ふたたび私の口に匙が押しつけられた。下痢をしても全部でてしまうわけではない、一口でも食べなさい、という医者の言葉を母は忠実に守っているのだ。

「いやっ」。差しだされた匙から幼児のように顔をひっこめ、布団の奥で背を固く縮める。食べるのはいやっ。首を左右にふりながら涙が流れるのを頬に感じていた。腹痛と下痢がひどくなって一か月たつ。

「お姉ちゃん、辛抱して食べやんと」

母はまた、布団をめくる。目の前の湯気に引きつけられて背中を起こし、悪寒にふるえながら腫れ物にさわる気持ちで、そろりそろりと粥を口にいれはじめる。痛みがさしてきた。持っていた茶碗と匙を盆の上に投げつけた。

薬も飲みたくない。胃にものが入るとお腹が痛む。薬を飲んでも下痢を誘うだけ。飲むふりをして布団の下に押しこんだ。生きることを放棄してしまったわけではない。このままでは死んでしまうとわかってはいても、薬を飲んだあとの激痛が怖かった。

頭に熱の靄がかかっていたがその芯は冴えている。精神も平静だ。結核菌のやつめ。冴えた頭で罵ってやった。だがそれは空しい罵りだった。自分の肉体が快方へのきっかけを掴む力を失くしていくのを、身体のどこかで感じとっていた。肺病の人は死ぬ日まで自分の髪を梳くようや、と母が漏らしていたのを覚えている。私も熱と腹痛はあっても頭だけ冴えているんや、頭がしっかりしたままで死んでいくんや、そんな諦めが頭の一隅にあった。その諦めは熱と下痢からの逃避とどこかで繋がっていた。

どうしてこんなことになってしまったのか。ソフトボールをしなければよかった――、途中でやめればよかった――。頭の一隅が泣いていていた。

不思議なくらい死への恐怖はない。間もなくこの世から消滅するのにこんなに平静でいいのだろうか。心残りなことも浮かんでこない。会っておきたい人もいなかった。

おねえさんとおにいさんの顔がふいと目の前に現れた。実の姉のような存在だったおねえさんは、私たち一家が受けた空襲と同じ空襲の夜、焼死した。兄のつもりだった従兄は学徒動員で戦死した。二人の死は私に生死の現実を認識させた。二人の笑顔が私を招いている。

「葉書やで」

熱い靄のなかで声がした。靄のゆれる気配がある。重い瞼を動かした。

靄のなかに父の姿があった。屈めた身体を起こそうとしていたらしい父と、靄を通して顔が合った。

「気分どうない。友達から葉書や」

背を屈めたまま、父は私の眼にいった。

頭のなかを親しくしていたオカッパ頭がよぎる。病名がわからず夜になると高熱が出るなかを、三学期の期末テストを終えて学校を休みはじめた。それから一か月半、近況を知らせる便りが届いてもいいはずだ、と熱い靄のかぶさった頭のどこかで待っていた。

父は私の枕元においた葉書をもういちど自分の手にとり、布団の脇から出した萎びた掌の上に大切なものを手渡すように、丁寧に載せてくれた。

（早く元気になってください）

見なれない字だ。裏に返した。横田正雄。目を見開く。熱の靄が消散した。左端に住所はなく、横田正雄とだけきちんと書いてある。

白いシャツの肩が目の前にひろがった。

熱い思いが腹底から吹き上げてくる。身体の底でどろどろ燃えていたものが噴火し、涙となって溶岩のように溢れでてきた。涙のなかに意志的な横田くんの顔がある。学校が、級友の顔が、その誠実な笑顔に重なって踊っている。

健康で小学校に入学以来ほとんど休むことのなかった私には、学校生活は身体の一部だった。罹災して祖母の家に疎開している間も、いくつかの山を越え汽車に乗って休まずに通学した。その過去の毎日は日々の食事とともに、私の血液のなかに溶け込んでいる。病床についてからは、学校での楽しかった行事や当時の友人との思い出は頭の脇に押しやり、しっかりと鍵をかけてきたのだった。鍵をつけたまま扉が吹っ飛んで散らばり、中のものが赤い炎となって頭上を覆っている。

葉書を抱いて嗚咽の声をあげていた。

（早く元気になって下さい）

泣きながら口のなかで呟いた。元気になりたい――。

熱と下痢の毎日のなかで、いつのまにか靄の彼方へ放置してしまっていた腹底からの渇望だった。意識の下に沈んでいた心の底の澱みを、横田くんの葉書が目の前に運んできてくれたのだ。文字の声が私を包んだ。文字が胸に居座りはじめた。元気になりたい。熱をかぶった頭のなかで切実に私は願いはじめていた。

葉書を抱いてうとうととしていた。主治医の声が靄の彼方で聞こえる。

「ストレプトマイシンという薬がある。附属病院での臨床例はごくわずかだが、効くようだ。高価なものだが――」

主治医は、Y医大付属病院の腹部担当医として評判の高い内科部長だ。何人かの診断を経たのち、やっとこの医者で病名がわかった。その腕にすがって父母は、その後も主治医として来診を請うていた。

「なるべく早く」と、父の声。

「薬が入手できしだい、打ちはじめてみましょう」

靄の彼方でかすかに光がさした氣がした。

五日後、注射がはじまった。

（早く元気になって下さい）

胸のなかで呟いたその一字一字に祈り、瓶のゴムの口にコールタールの付着した密輪の注射液に祈った。

マイシンを打ちはじめて三日目だった。背中から襲ってくる激痛で目が覚めた。内臓が狂乱をはじめたような苦しさだ。水や食物が胃や腸に入ったときの差込みとは違う。

「お姉ちゃんが死んでしまう」

慟哭する母の声があった。

電光のような身体をめぐる痛みのなかで、死神が踊っている。その乱舞のままに身体をねじ曲げねばならなかった。私は葉書を強く胸に押しつけた。

（早く元気になって下さい）

頭の真ん中にその一文字一文字をしっかりと据え、祈った。死にたくない、と叫んでいた。身体を揺すられて目を覚ました。憑き物が落ちたように頭と身体が軽くなっている。痛みが抜けていた。

窓が明るく、病院からタクシーで一日四回注射を打ちにくる附属病院の婦長さんが、白衣のままで目の前に座っている。

私の額に手をやり、すぐにハンドバックから体温計を取りだした。水銀は三十七度一分より上がっていない。もういちど脇下に入れる。体温計の調子が悪いのではと、三度目は自分の体温計を使った。これほど体温の下がったのは何か月ぶりだろう。

「薬が効き始めましたね、よかったですね」

透明な液体を太腿にゆっくりと注入しながら視線を私の眼に移した老練な婦長さんの眼にも、率直な喜びがあふれていた。

お茶ものまずに婦長さんが帰ると、すぐに母は粥を盆の上にのせてきた。

おそるおそる口に入れる。腹痛はない。二膳目を食べる。すんなりと胃のなかに納まっていく。昨日までの腹痛が嘘のようだ。薄い胸を膨らませて快哉を叫んでいた。狂気じみた昨日の激痛は結核菌の最後のあがきだったのだ。ざまあみろ。肉のない腕をふりまわしたい氣がした。

それからの一週間は、何十日ぶりかの粥の温かさに頭も身体もとろけてしまったかのように、注射を打ち、粥を食べる以外は、ただ赤子のように平安な眠りに呆けていた。そして消滅しそうだった肉体に明らかに灯がともり、バラック小屋に黄金の陽光がさしはじめたことを熱い思いでかみしめていた。
「やっぱり、アメリカの薬や、よう効く。一年間も休まんでええかもしれん」
「おねえちゃん、よかったなあ」
家族の弾んだ声が小鳥の囀りのように聞こえてくる。その囀りのなかに、喜びに踊ってい
る葉書の文字の声も混ざっているのを、私はしっかりと感じとっていた。
一週間の眠り呆けから覚めて、大切なことを忘れていた気持ちで布団の下から葉書を取り
出した。
目の前に立てる。激痛のたびに夢中でその文字をお経のように唱えたり、お守りのように
胸に抱きしめてきた葉書だ。が、その文面には、最初手にしたとき目を走らせたきりだった。
（早く元気になって下さい）
きっちりと書かれて誠実さのあふれた文字だ。真面目な彼の眼がこちらを見つめているよ
うだ。この真摯に書かれた文字のおかげで生命が救われた氣がした。そんな字体だった。文
字の間から温かさが匂いたち、波のように押し寄せてくる。自分の住所のないのが彼のはに
かみにも思え、思わず頰をゆるめた。
葉書は熱気と汗で汚れてしまっていた。ていねいに皺を伸ばし、半紙の間に挟んで、布団

の端の下に入れた。

横田くんは昨年の高一のときの級友だ。

長い首の下の広い肩が教壇の机のすぐ前の席にあった。その肩は、教室の後方に席を占め、授業中でも平気で弁当箱を開いて大声で雑談する級友に昂然と抗議しているようにも見えた。

野次や雑談があまり高くなると後ろを向いて教室を見回し、やかましいぞ、と怒鳴る。そのたびに私は冷や汗をかく思いだった。怒鳴られた運動部の生徒たちと衝突があるかもしれなかったから。かろうじて彼が吊し上げを免れていたのは、その態度があまりにも堂々としていたからかもしれない。選択の学科が違っていて同じ教室で授業を受ける時間数が少なく、言葉を交わす機会もあまりなかった。が、クラスの何人かの女生徒がそうであったように、私も彼の言動が気になるひとりだった。

その彼から思いがけず病気見舞いの葉書が届いたのだ。そしてこの葉書が私の生命の方向を変えてくれたようにも思える。失っていた幸運を二重にとり戻したような幸せな気分が私を包んだ。

肩幅にくらべて、小さく引き締まった眉と睫毛の濃い顔を目の前に浮かべる。

新学期のクラスはどうなっただろう。二年生は理科の選択できまる。私は物理を選択した。

横田君も同じだと聞いていた。物理のクラスは二組になるはず。同じクラスである確率は50パーセント。頭のなかのその数字に二重丸をつけた。

ストマイの注射が十五本になった。十本打てばということだったが、午後の体温が三十七度二分まで下がっていたのが七度八、九分を下がらなくなった。もう少し打ってみましょうと医者が言ったのだ。

腹痛のなくなった若い身体は、へしゃいだタイヤに空気を入れていくように膨らみがもどり、盛りあがってきた。

寝たままなのに食欲も旺盛だ。三度のご飯を食べ、その間に闇市で母が手に入れてきたバターをパンに山盛りにして食べる。よく眠る。童心にかえった素直な気持ちで母の介護に甘えた。妹や弟たちとも冗談を言いあった。間もなく熱も下がるだろうという安心感が、私の心を家族の一人一人へ明るく開かせていた。

二十本のマイシンを打ち終えた。

腹痛はなく胸の膨らみももどったが、熱が下がらない。副作用を恐れて注射を中止した。それ以上打った臨床例は医学書にも見られないという。

「腹膜は細かい襞状のまま内臓を包んでいますからね、ひろげると六畳の間いっぱいの広さになります。膜の広さからいっても、快復に肋膜の何倍もの時間が必要なのは当然です。だが、完治すれば子供を何人も生めます。私の患者で三人の子供の母親になっている人がいます。大丈夫、そんな身体になります。それには焦らないこと。どんな特効薬が出てきても、安静にして日数をかけるしか治療法はありませんな」

主治医は週に一度来診し、胸部と腹部を抑え、ビタミン剤をブドウ糖液に入れて注射する。その手が触れても跳びあがるほど痛かった腹部の痛みが、周辺から少しずつとれてきている。臍を中心とした痛みがなくなると、癒着せずに快復したということになるらしい。そのためには馬鹿になって安静にしていること、と来診のたびに主治医は目を鋭くして説いた。

食事も排泄も身体を横たえたままでするようになっていた。高熱と下痢で苦しんでいたころも便器が使えず、お便所に近い場所に寝床を敷いてもらって這っていったのだった。一か月二か月と熱の下がらない日が続くにつれて、私も家族も、結核菌のしぶとい本性をやっと認識しはじめていた。六畳と三畳二間の狭いバラックに住む家族のなかで便器を使う羞恥心など、吹っ飛んでいた。お姉ちゃんのそばに行くと臭いと弟たちは鼻をつまみ、及び腰で交代に食事の膳を運んでくれる。軽い読書も禁じられた。

左側の窓に戦火で砕けた白壁の塀が見える。その向こうに道路をへだてた隣家の新しい黒い板塀が見える。ふたつの塀がこのバラックの唯一のガラス窓から見える外の風景を埋めてしまっている。窓と土塀、土塀と板塀を埋める空気のなかで光が踊っていた。この辺りは市内ではあるが田畑が多く、光が美しい。空気の明るさや二つの塀に反射する光の強弱で、家の外の天候と季節の移り変わりを頭に描いた。

光が四、五日前から強烈になってきた。

「今日でテストが終わる。やれやれや」と言いながら学校へ出かけた妹の弾んだ声がまだ耳に残っている。

一学期が終わる――。涙があふれそうになった。

感情を高ぶらせてはいけない。あわてて涙を胸から腹の中へと抑えこむ。感情が高ぶるとそれに比例するかのように体温計の水銀が上昇する。検温のあと、一分でも高い目盛りの水銀柱をみるのは怖いことだった。ガラス棒のなかの白い冷たい光が、一向によくならない腹部に向いているようで落込むのだ。

身体を窓側から右にまわし、盆の上の山羊の乳をコップに注ぐ。毎朝母や弟が少し離れた牧場まで買いにいってくれる。頭をもたげ、コップにストローをさして飲みはじめた。

青臭さが舌にひろがる。太陽と草と土の匂い。緑の幕が垂れたように、目の前が芝生で覆われた。アカシヤの並木道がある。夏の光が葉と絡みこぼれ落ち、その下で生徒が騒いでいる。カブラの奴、あんなややこしい因数分解を出しやがって。帽子をあみだにかぶった顔が叫んでいる。また涙があふれそうになった。あわてて腹の中へ押さえこむ。

山羊の乳を飲み終えてゆっくりと身体を仰向け、バラック小屋の低い天井を見つめた。

この六畳の間の粗末な天井板はしぶしぶながらも、とっくに私の親友だ。鼻につくこともあるが、今後とも仲良くやっていかねばならない。描かれた木目の地図を探索し動物、魚、人物など隠れているものを発見してやるのだ。昨日は八つもある節目に名前をつけてやった。特徴がうまく捉えきれず、頭をつかった。だがそれで一日たった。体温も前日の七度九分よりも下がりはしなかったが、上昇もせず、一日たった。上出来だ。私は自分を慰めた。慰めながら、また涙腺がゆるんできた。

昨夜の父母の話を思いだす。薬に睡眠薬が入っているので夜中に目覚めることはないのだが、昨夜はとくに蒸し暑く寝苦しい夜だった。障子を隔てて父母の声が聞こえてきた。

「一学期も終わるよって、担任に連絡しておこうと思うてる」

「ソフトボールで身体をこわしたんやのに、体育の先生見舞いにも来てくれやんと。あの先生が担任やったんやし、ソフトボールへ誘ったんもあの先生や。父兄会のとき、勉強もできるしって、言うてくれてたのに」

「病気になった方が悪いんや。ほかの子は誰もなってない。戦災に遭うてからろくなもんしか食うてなかったよって、体力がなかったんや」

私は女学校（併設中学校）にいたころからソフトボール部に入っていた。戦後進駐軍の流行させたソフトボールが体育の授業に導入され、県下ではじめてのチームが私たちの学校で二チーム編成されたとき、運動部員外の二、三名が体育の教師から入部を勧められた。そのなかに私も入っていた。県下の優勝、近畿地区、できれば全国での優勝をと、バレーボールや陸上で鍛えた人たちに混じって毎日球の見えなくなるまでノックが繰り返された。

私は球技が好きだった。疲労を案じる父母の強い忠告にもかかわらず高校生になってからも続けているうちに、寝汗をかき、微熱がでるようになっていた。

ソフトボールを早く辞めていればこんなことにはならなかったろうか。夏掛けの布団を頭からかぶった。新しい級友たちの名前も顔も知らない。幼少からの友達や、いっしょに一夜漬けの試験勉強をした友人からの手紙もこない。結核だから感染すると思っているのだろうか。

私の通っていた大学の附属病院は、戦災で破壊されたコンクリートの残骸のなかで診療を続けていた。「まだ入院できるような施設はありません。腹膜炎は感染をしないし、自宅療養の方がよろしい」と主治医がいったのだった。結核性の腹膜炎は肋膜炎から誘発されることが多いそうだが、私の胸には結核菌が侵入しておらず、そのために病名の決まるのが遅れた。

そうや、きっと感染すると思ってるんや。友人から敬遠され、取り残された孤独感が胸を襲う。

また横田くんと話そう。

布団から顔を出し、葉書を取りだして胸の上に立てた。

この頃は寝たままの自分からの逃避場所として、横田くんとの思い出に故意に浸るようになった。二人で交わした言葉に頭と胸を膨らませていると、楽しさが際限なくひろがる。彼との会話の場面を記憶の底から掘り起こし、やっと探りあてたひとつひとつを、真珠を包むように頭のなかで大切に扱ってきた。その球は非常に小粒だ。数も少ない。そのことに失望し、横田くんとの会話に消極的だったのを悔やんだ。が、これらの球は私の頭のなかで自由自在に膨らませることができる。小粒だが素晴らしい光沢だ。さらに丹念に磨きをかけ、地球が宇宙で自転するようにゆっくりと、繰り返し回転させる。回転させるたびに光沢が増す氣がする。球を回転させながら横田くんとおしゃべりを続けるのだ。

今日は小さい球を膨らませないで回転させた。


（微熱が出ていたので、授業がすむとすぐに校門を出た。横田君はいつも帰るのが速い。何故いつも帰宅を急ぐのだろう。速足の彼に追いついたことがあった。

家、どこ。

門前町、横田くんは？

長門町。

長門町の何丁目？

二丁目。

以前そこに住んでいたわ。横田くん、長戸町の学校にいなかったでしょ。言葉が違うようだけど、最近越してきたの？

叔父の家で養ってもらっている。親父が軍人で戦死したし、母親も空襲で亡くなったからね。

横田くん一人？

妹は京都の叔母の家にいる。こちらの叔父は石炭屋をやってる。

この地域の言葉ではない訛りを混じえて、他人事のように自分のことを話す横田くんの横顔を見つめながら、彼が急に身近に感じられてきた。彼の住まいは父の事務所に近いのだ。戦災に遭うまで私の一家はそこに住んでいた。

海路を経て運送される商品を荷揚げするのに便利な市心部の川沿いに、父の倉庫と事務所があった。五百メートルとは離れていない同じ川沿いに、セメント塀を高く築いた石炭置き場と事務所があった。「横田商会」という金文字を刻んだどっしりと厚い木の看板が、入口の上に掲げられていた。そこが彼の叔父さんの事務所だったのだ。その焼け跡に建てられた家に横田くんは住んでいるらしい。毎日帰宅を急ぐのは叔父さんの仕事を手伝っているからかもしれない。机の前にきちんと座り、伝票を繰る彼の姿を想像した。寂しげな影のある姿だ。

長い坂を下って十字路にきていた。私たちはそこで別れた。）

光の美しい夏が過ぎ、光の明るさがしだいに失せて白けたように寂しくなったと思っていたら、近頃では光に冷たさも感じられるようになった。陰るのも早い。まだ三時だというのに、もう夕暮れの光の気配だ。

脇下から体温計を取りだす。七度八分。とうとう下がらなかった。

闇の中に落ちこみそうな気分だ。手が太腿にふれた。上半身にくらべて異常に細い脚。その脚の、注射を重ねるあたりの筋肉が凝固していた。これ以上の薬物の侵入を拒否しているかのようだ
夏の終わりの頃からふたたびストマイを投与しはじめて、今日で四十を打ち終えた。最初の二十本とで六十本打ったことになる。後の四十本はほとんど効果がなかった。

父母も私もこの密輸の薬に、生命の救い主として頭を伏したいような感謝の思いを抱いていた。そして、その神のような効力に妄信に近い期待を寄せていた。多量投与の臨床例が発表されたと主治医が再度の投与を勧めたとき、父母は経済的な負担を無視してその言葉にとびついた。私も熱を下げるきっかけの尾を捉えた氣がして、ストマイに縋りつく思いだった。

腹痛が去ってから身体は快眠快便と好調で、見舞いの親類縁者たちは口を揃えて、よう肥えて血色もええのにどこが悪いの、と好奇心をあらわにする。腹を押すと臍の下にまだ少し

痛みが残っているが、それも徐々にとれてきている。しかし医者は、微熱がこの病気の指標ですからねえ、と家族の焦りを抑えた。父母も私も熱さえ下がればと願った。家族の悲願とともにふたたび打ちはじめたストマイだったが、それを嘲笑するかのように四十本の注射は、一分の熱も下げはしなかった。

父母はがっくり肩を落としている。家を建てるのを先送りしなくてはならないことを私は知っていた。

病気快癒へのお守りのように依存していたストマイに裏切られた気持ちだ。お守りがひとつ消え、胸の中に大きな空洞ができた。その空洞のなかで幅一ミクロンにも達しない棒状の結核菌（主治医が教えてくれた）が、黒衣をまとい、わが世の春と乱舞している。

結核菌の奴め。最近ではこの罵りの声も小さくならざるを得ない。敵ながらあっぱれなしぶとさだ。胸に暗い思いが入道雲のように頭をもちあげる。その頭を必死で抑え込もうと、縋りつく思いで横田くんの球を回転させはじめた。

この球は、あちらこちらと少しずつ膨らませて回転を繰り返すうちに、本物のように美しい球になった。

（ソフトボールの試合が重なり、三日続けて授業を休んだ。昼休みに廊下で肩をふりながら歩いてくる横田くんに出会った。眼を私のもっているバットに注ぎながら言った。

ソフトボールをやっているんだね。試合で休んだの。

橿原神宮まで行ってきたから。

どこやってるの。

セカンドストップ
グローブつけるの。

キャッチャーだけね。

眼が自分の両手に落ちていた。何度かの突き指で左手の薬指が太いし、両手の掌が荒れている。横田くんは広げた私の両手を黙って見つめていた。

それから四、五日たった土曜日の午後、他校のチームが試合に訪れた。私たちは予想通りに一回の裏から得点を重ねていく。五回の裏でSさんは、三度目のバッターボックスに入ろうとして一塁側の上方へちらっと目を走らせた。二度目のときもストライクを見逃すと同時に、同じ方向に目を走らせていた。

当時私たちは男子校に間借りをして授業を受けていた。その校舎のグランドにコンクリートの観覧席があった。その階段に座って試合を観戦している人の姿があちらこちらに見える。バットを選びながら、私はSさんの視線のいった方へ目をやった。県下でも名のある野球部員の顔がずらりと並んでいる。そのなかにはSさんと噂のある顔もあるはずだ。視線を戻そうとしたとき、生徒の群れから離れて横田くんが一人で座っているのに気付いた。思わず目を凝らす。白い長そでのワイシャツ姿で、本を包んだ黒い風呂敷包みを膝の上にのせ、きちんと座っている。胸の鼓動が速くなり、いつものバットを取り違えそうになった。

二塁打で塁に出た。ベースに足をつけたまま一塁側に目を向けた。彼の視線と絡まった氣がした。

試合は大勝だ。バットを整理していると、彼がそばに立っていた。顔を上げて目を見張る私に、海岸へ行こう、と誘う。夕方まで練習があるはずだが、文句のない勝ちっぷりに先生のご機嫌もいい。生理前の頭痛のせいにして練習をさぼることにした。

市電に乗って海岸まで出る。海が一望できる丘の先端に、並んで座った。翳りはじめた青緑の海の小刻みなうねりの上に、黄金の光が残り、影と絡みあって騒めいている。

ショパンの曲のような海だね。

横田君はアイスキャンデーをなめながら言った。私もアイスキャンデーを手にもち、そのメロディを胸の中で追った。そして横田君のそばにいるのにどうして哀しいのだろう、ショパンの曲のせいだろうか、夕暮れの海のせいだろうか。こんど来るときは昼間の光の強いときにしようと思っていた。)

寝たままの正月がきた。

妹は友達とお宮参りの約束をしているようだ。雑煮を食べ終える母を待ちかねて、早よう着物を着せて、とねだっている。

私も雑煮を食べ、蛇を蒸し焼きにした粉の一包をオブラートに包んで胃に流した。蛇の蒸し焼きや黒焼き、鮒や鯉の生の肝。私の内臓は栄養物の宝庫だ。結核菌をやっつける尖兵を送り込む気持ちで、目をつぶって胃に流す。

妹の着付けがはじまっている。食後の薬を飲みながら眺めていた。

白い梅花の大輪を配した朱の綸子の着物の上に、紺の袴をつけた妹の晴れ着姿ができあがった。母はその肩に、三日前に縫いあげた明るい朱の無地の綸子の羽織を、ずしりとふり掛ける。頭に結んだ羽織と共布のリボンの端が、薄化粧をした顔に揺れている。袖と袴の裾が一回転した。朱の幾何学模様の地模様の陰影が品のいい豪華な光沢を放ち、病人のいるバラックに真っ赤な太陽が昇ったようだ。わたしの病気快癒への家族の思いが凝縮されたかのように、朱の色が燃えて見える。

私が母に縫ってもらった袴やのに。姉の私が無地の羽織をもっていないのに。妹の晴れ着姿から眼をそらし、寝巻の袖を引っ張る。グレーに赤い縞模様の筒袖の寝巻が私の正月の晴れ着だ。枯草が粗い音をたてているような寂寥感が、腹の底から立ちのぼってきた。

戦災で衣類のほとんどを失った母は、まず娘の衣類からと考えているようだった。琴を習っている妹に新調するつもりだった袴を今年は私の袴で間に合わせ、妹には無地の羽織を染めたのだ。去年は闇市で買った中古の着物を娘二人に仕立て直してくれた。今年の妹の羽織は、何か月も前に貯めたへそくりをもって母が呉服屋に注文をしてきたものだ。白生地を一反一反手に取り、眺めすかしている上気した母の顔が見えるようだ。私にも新しく仕立ててやれたらどんなにいいか、と胸底の悲嘆を抑えているにちがいない。そんな母の気持ちがわかっていても、花のような妹の着物姿を眼の前にして家族にも取り残されたような寂しさが胸に漂う。

おしゃれで美しい妹は、自分に似合う衣類は誰のでも平気で身につけたがる。このあいだも私のセーターを着ていた。色白な顔に青緑の色が冴え、乳房の踊るその胸に一瞬見とれた。が、それが戦後やっと手に入れた毛糸で編んだ私のセーターだと気づいたとたん、怒りがこみあげてきた。存在を無視された氣がした。これからはいいのがどんどんでてくるさかい、治ったらお姉ちゃんにはもっといいのを編んであげるさかい、と母はなだめた。いいのなんかいらない、あれを着ないで。また熱があがる、と頭の隅で自分を叱り冷笑しながら、幼児のように喚き声の高まる自分を抑えることができなかった。

朱色の袖と袴の裾をひるがえして妹は出かけた。

時計が十一時を打っている。体温計を取ろうとのばした手が髪の毛にふれた。一年近く切っていない髪は上に高く、帽子のように固まってしまっている。去年の春腹痛がなくなったとき、髪はすでに汗と垢で櫛が通らなくなってしまっていた。男の子のように切ってしまおうか、いや病人の髪は切るものじゃないということで、櫛の通らなくなった髪にさらに垢と狭いバラックの埃が吸い込まれるように溜まった。梳き流せば腰のあたりまで垂れるはずの髪の毛先の五センチぐらいを、私の身体を拭いたあと、母は丁寧に梳いてくれる。便器のうえに尻をのせたり寝巻を着かえるときに頭を少しもたげると、その髪はピエロの帽子のように直立し、櫛の通る先の部分だけが飾り糸そのままに垂れ下がる。

近頃は手鏡も覗きたくない。鏡にうつる締まりのない顔、それは私の顔じゃないから。天井にある断末魔の豚の顔そっくりだ。棒のように枯れた脚に豚の身体をのせ、垢と埃の三角帽子をかぶった怪物の顔だ。昇ったばかりの太陽のような妹の着物姿の居座る頭のなかへ、私の怪物が姿をあらわす。

あわてて頭を強くふった。髪の毛の帽子がかさかさと音を立てる。私は頭をふりながら、髪を高く結った貴婦人の姿を胸の鏡に映した。フランス革命前の貴婦人のあいだでは、髪を塔のように高く結うのが流行ったとか。絹の夜着に絹のようにしなやかな髪を高く結った私が、胸の鏡に顔を出す――。

脇下から体温計を取りだした。三十七度六分。三時には七分になるはずだ。

一週間前、春以来の三十七度八、九分の体温が一分だけ下がった。嘘ではないかとその日は一日中検温を繰り返していた。一日四回の検温の結果を示すグラフの四つの赤点が一枡ずつ確実に下がって、一日の体温の山が全体に低くなっている。が、一週間たった今日もそれ以下には下がらない。一分下がった喜びが去ると、また新たな不安が心を暗闇に追い込む。

一分の熱が下がるのに九か月かかった、七度以下になるのは何時になるのだろう。本当に病気は快癒の方向へ向かっているのだろうか。

不安を追い払うように頭を明るい窓に向ける。外の空気は冬とは思えないほど明るい。温かく晴れやかな元旦だ。

結核菌は日に晒すと数時間で死滅する、と主治医が教えてくれた。腹を切って腹部の皺を伸ばしこの光のなかに晒してやったら、どんなにせいせいすることだろう。棒状の菌がもがく図を想像し、家族の出払った天井に向かって嘲笑してやった。

父母は弟たちを連れて初詣に出かけている。お姉ちゃんの病気が早うようなるように拝んでこんと。お守りがあったら買うてきてあげるさかい。そう言って出かけた母の声が、戸を閉める音とともに家のなかに残っている。父母がお宮参りをするのは弟の出産以来である。母は自分の以前からの習慣である空を拝むだけでは不安になってきたのだろうか。

困難な場に遭遇したり嬉しいことがあったとき空に向かって手を合わせるのは、母の以前からの習慣である。自分の宗教を持たない母に祈りの言葉などもちろんない。そのときに応じて祈り、礼をいうのだ。

戦時中の空襲の激しいときは、太陽が出る空に向かって、星の光が肩にこぼれる夜空に向かって、母は一家の無事を繰り返し祈りながら手を合わせていた。空襲のあった夜父母は、幼い弟たちを連れて郊外の田へ出かけていた。その日の夜中のたった二時間足らずの空襲で私たちの市の象徴だった城が落ち、街は廃墟と化した。川沿いの材木商の多かった私の住んでいた地域は、とくに火のまわりが早かった。橋の下に焼死体が群れていた。私と妹は奇跡的に逃げ果せ、熱気のこもった焼け跡で家族に再会した。その夜、闇のなかで、おかげ様で一家無事でしたと母は、夜空に向かって深々と頭を下げていた。

私が腹痛で苦しんでいたころは一日に何度となく、空に手を合わせていたようだ。いままも一日に一度は空に向かって私の快癒を祈っている。

空と会話すると母はいう。今日は海が凪いで魚がようけ獲れる、水平線まで泥の海や、などと空を見上げて話すようにつぶやく。母の空は海につながっている。空は母にとっては心のなかの海なのだ。星が垂れ落ちそうな夜空の下にいると、曾祖父に手を引かれて海辺に立った頃が身体に甦るようだった。母の実家は網元だった。

「お祖父さんは魚の流れを見る目が優れていたさかい、網をおいたら魚が吸い込まれるように網に入ってきたんやと」。私が幼いころ、母はよくこんな話をした。二時に起きて海辺に立ち、暗闇の空と海に祈る曾祖父の習慣は、死ぬ前日まで続けられたそうだ。「お母さんも連れられていっしょに行ったけど、暗闇の海の前に立つと最初は闇の中に投げ出されて身体が消滅してしまうような、波に魂が攫われてしまうような、そんな気がして怖かった。そやけど慣れてくると、毎朝そうやって一日の予定を立てているお祖父さんの気持ちがわかってきたんや。真っ暗やよってよけい海と風の表情がよくわかる。海と話をしている気になってくるわ」。

母は市街地に住むようになってから、青空や夜空と話すようになったのだろう。空に祈りながら海と曾祖父に祈り、話しかけているのかもしれない。

誰もいない家は静かだ。

布団の下から横田くんの葉書を取りだした。

葉書はまばらにうっすらと黄ばみはじめている。汚れることを恐れて、白いセルロイドの下敷きを二枚買ってきてもらい、その間に挟んで布団の下に入れている。

(早く元気になってください)

私のお守りはこれだ。腕のいいお医者もついているし、ほかのお守りなどいらない。葉書を胸の上にのせる。柏手を打ち、仰向いたまま頭を下げた。

眼を閉じる。横田くんの姿がそばに寄ってくる。私の手を取った。

（私は紺の袴をつけ赤い矢絣の着物と同じ色の羽織を着て、お宮の前で手を合わせる。横田くんがおみくじを引いた。大吉だった。私もおみくじを引く。大吉だ。おみくじを細かくちぎり、空中に投げる。光の中へ雪のように散っていく。白い紙片を追って彼が空に飛んだ。私も後を追う。光の中を奥へ奥へと泳いでいった。）

球を回転させながら横田くんとさまざまな会話をする。無邪気な会話、横田くんの腕に抱かれて胸の熱くなるような会話。そのひとつひとつに私は我を忘れて恍惚となってしまう。まるで巫女が忘我の世界をさまようように。

土塀の瓦のうえの光が春の光になった。開いた窓から水気のこもった空気が流れこんでくる。

今日は暖かいよって、と妹は学校に行く前に窓を開けていってくれた。

明るい空気は、芽吹いた木々のなかで両腕を伸ばす友達の姿を眼の前に運んでくる。

一昨日、三学期末のテストを終えた友人が見舞いにきてくれた。阪大の法学部を受験するとオカッパ頭の髪をゆらした。Ｉさんは京大の物理を目指しているそうだ。

一年ぶりに聞く友人の消息に私の心臓は刺激されたようだ。その夜から水銀柱は上昇し、昨日は三十九度まで上がった。改めて自分の身体の抵抗力の弱さを悟った。とても元の身体に戻れそうもない。大学を諦めよう。天井の仏像そっくりな木目模様を見つめて悟りきった気持ちになっていた。

だが今朝のようにさわやかな空気にふれると心は明るく晴れやかになり、火星人が宇宙のなかで自転する地球の緑に憧れるように、思いは学校へ友人へと、まっすぐに繋がっていってしまう。

横田くんと話そう——。

葉書をとるために右手をのばしかけた。玄関のあたりで母と話している女の声が耳に入ってきた。手の動きを止め、耳をすます。

またか、私は舌打ちをした。

この家に病人のあるのを聞きつけてさまざまな宗教の勧誘がある。便所が鬼門にあたる、前世の行いが悪い、そんな不信心なことではますます不幸が続きますぞ。家のなかを無遠慮に覗き込んでいる信心に凝り固まった貧相な目——。母はそれぞれの言いぐさに耳を傾けいくらかのお布施を包んで帰ってもらうと、お便所を直そうかねえと私の枕元で不安げに眉をひそめる。父に一喝されるとその不安は消えるようだ。

まあどうぞ。母の声だ。眼鏡をかけた小柄な初老の女の上半身が見えた。紺とグレーの盲縞のお召の着物の膝が私の横まで進んでくる。

「息子が病気で死にかけたときこの神に救われましたので、お嬢さんもお救いしたいと思いましてね」

夫が大学教授だと自己紹介し、にこやかな顔をこちらに向けた。

かたちのいい鼻梁を私は眺めた。母はこの女の品のよさに迷って座敷にあげるつもりになったのだろうか――。

「――この世の病気や不慮災害のすべては人間に反省をうながす神の御心の現れです――病は気からでございます――心の埃を払いながら神の御心に添って歩いていくと、病気は必ず快癒いたします。――」

要するに、神を信じよ、そうすれば救われる、ということだ。

「私の息子は幼いころ、――」

目の前の膝が少しこちらに動いた。

神の加護の例が語られはじめている。が、特定の神の加護を信じるには私の心はまだまだ幼く雑念が多い。信じるということは自分の心を預けることだ、自分の力ではどうにもならないから自分を委ねてしまうことだ。その委ねる相手は誰であってもいいのではないか、と頭のなかで理屈をこねた。天であっても海であっても山であっても、一枚の葉書であってもいいのではないのだろうか。

海の恵みと怖さのなかで生活をしていた曾祖父にとって海は、畏敬そのものだったろう。正月には海に酒を捧げると同時に、海の神の本山である四国の金毘羅さんに網頭をやり、安全と豊漁を祈願させた。その海に曾祖父は自分の心を委ね、仕事の神だけではなく自分の心のなかの神をも見ていたのだろう。毎朝海と会話するときに寄せる波は、曾祖父にとっては神の言葉であったのだろうし、お守りでもあったに違いない。その曾祖父に育てられた母は海を憧れつつ、海の代わりに手近の空を拝んでいる。その祈りは非常に便宜的なものではあるが、母のなかに母なりの神ができていて、心のよりどころになっているに違いない。

「知り合いの坊ちゃんですがね――」

品よく動く唇は宇宙の神の慈愛について話しているようだ。女の青磁色の帯に目を移しながら、私の頭の中は勝手な理屈をふくらませていた。

私はいま天も地も海も見ることができない。それらから隔離されて地下牢にでもいる気持ちだ。広大な宇宙はいまの私には、頭のなかにしか姿をみせない想像上のものにすぎない。想像上のものや憧れが信仰になることもあるだろうが、私はそんな信仰は嫌だ。現実の天地の広さのなかに身をさらし自己の卑小さを受け止めてはじめて、宇宙への畏敬が生まれるのではないのだろうか。毎日猿や豚や仏像の描かれた天井と向かいあいながら想像の海や空を頭に描き、それを神と崇める、そんな実感をともなわない宇宙を神として信仰するのは嫌だ。私の想像上の宇宙はすでに、横田くんとのデートの場になっている——。

「それではお嬢さん、また寄せていただきますよ」

その声に我に返った。いつのまにか私は自分の球をまわし、横田くんと宇宙を駆けていたのだ。今日は土星までいってきた。土星の環の上にすわり、彼の腕に抱かれていた。土星は災いの星といわれるようだが、横田くんの腕に抱かれていると災いなどふっとんでしまうほど心地よく、胸の高鳴る思いがした。

土塀を焦がす鋭角的な光の季節がふたたび訪れ、去り、そして光の弱い季節も過ぎて、また光に光沢が加わりはじめた。

校庭のアカシヤもすっかり芽吹いているころだ。級友たちの真剣な受験姿が目の前に浮かんでくる。みんな結果はどうだったろう。

のんきな妹も来年の上京を目指して勉強の腰をあげかけている。

最近は、級友の顔が胸に浮かんでも以前のように胸が波立つこともなくなった。諦観のような、居直ったような、悟りを開いたような境地で天井の豚や猿と、そして横田君の葉書と会話を続けている。私の球はますます磨きがかかってきた。

脇下から体温計を取り出す。三十七度六分。グラフに赤鉛筆で点を書きこんだ。二年間に近い日々の体温表は長い巻物のようだ。

仰向いてその一部をひろげる。今日で十日間同じ体温がつづく。そろそろ下がり始めるころだ。乳部のしこりもとれてくるはず。

三十七度六、七分が十一、二日間。三十六度九分が十、十一日間。中間過程が三、四日間と、私の体温は明らかに波状の起伏を描いている。乳部もそれに応じて張ったり張りが和らいだりする。山の体温が三十七度七、八分から七度六、七分に下がったときは、一か月の起伏も一分ずつ下がっていた。自分の体温が二十八日を周期として高低の波をえがくと確認したのは去年の正月の頃だった。

波状の一か月の体温が下がって毎日谷の部分の体温ぐらいになれば、と医者はいう。体温が高いときは乳部が張ってしこりのようになる。このしこりが体温上昇の原因かもということで、ホルモン剤の注射をした。ふたたび両股は油性の薬で凝固してしまったが、体温にも胸の張りにも変化はなかった。女学校二年で生理がはじまったころから、私の乳部はいまと変わらない状態だった。が、医者にそれが微熱の原因かもしれないと指摘されると、痛いほど盛り上がった乳部が憎らしく、これがなかったらという思いが噴きでてくる。胸の膨らみを切ってしまいたい衝動にさえかられる。

玄関で人声がする。母の高い声も混じっている。

聴診器のゴム管がはみ出て見えるカバンを手にした白衣の医者が、部屋にとびこんできた。

「よう肥えてるなあ」

きさくな声と顔が私に近づいてくる。すぐに脈をとりはじめた。

一向に引ききらない微熱、三十七度以下にならないと起きてはいけないと説く慎重な主治医に業をにやして父は、知人の勧める医者に診察を依頼したのだ。

胸、腹を診て体温表を手に取り、医者はいった。

「家内をみていても女の人には、一か月の何日かは体温が三十七度を超すことがあるようですよ。腹部の癒着もないし、腹膜炎は良うなってます。寝たままでいるよりは起きた方がええですわ。体温にこだわらんと体力をつけていきなさい」

母は子供のように喜んでいる。

「お姉ちゃん、よかった。早うお父さんにも知らせてあげやんと。あとで背を少し起こしてみなさい」

二年間渇望したことが目の前にぶらさがっている。が、私の心は一向に弾まない。新しい医者の言葉に素直に応じられないものが胸のなかにあった。でっぷりした身体と、ときには鋭い光を放つ大きな目が浮かんでくる。

主治医は、私が病床に臥してから外界の空気をバラックのなかのこの寝床に定期的に運んでくれる唯一の身内外の人だった。私の腹を押さえながら好きな絵の話を、注射器をしまいながらのんびりと世間話をしてくれた。雪舟が好きだとその複製の絵を見せてくれたこともあった。往診のカバンのなかに古い画集を入れてもってきて、気楽にみるんですよ、と念を押しながら貸してくれた。学生時代に使ったというその奥付きのとれたロートレックのデッサンやセザンヌの絵のページを、私の指は何度繰り返し繰ったことか。

いつのまにか週一度の来診を心待ちし、腹の出た巨体にふさわしい大きく柔らかい手に甘える気持ちになっていた。横田くんの手には生々しい感触はないが、週に一度腹を押さえる手には力強く温かい生の感触があった。その手が痛いほど張った乳房にふれると、小さい悲鳴をあげながらも、身体の奥に眠っていたものが目覚めたような快感に胸が高鳴るのを抑えることができなかった。それは思春期の少女の、異性に抱く淡い夢のようなものであったかもしれない。たとえそうであったとしても、それは主治医の診断に寄せる私の強い信頼に裏打ちされたものだった。無駄な検査を繰り返したのちやっと病名がわかったときは、身体に結核菌が入ったという一種の緊張感とともに、病気が半分快癒したような安堵の気持ちを抱いたのだった。それからは主治医の診断を神の言葉のように信頼してきた。その信頼は、病気の快癒を願う私のひとつのお守りだった。新しい医者の診断通りいま寝床から起き上がることは、主治医への信頼という二年近く抱き続けてきた私の病気快癒へのお守りを放棄することなのだ。

「あの医者は医大をやめて開業したばっかりやよって、治療費が高いっていう噂や。こんどの医者の病院はいつ行っても患者であふれている。安うて、よう診るよって、方々から患者が集まってくるらしい」

父の言葉が胸にささる。最近ラジオが、女の体温の周期について話していたのを私も聞いていた。女の体温に周期があるというのが事実であれば、軍医で男の身体ばかり診ていたよって気づかんかったんや、と私は胸のなかで反発した。がさつな医者のいうことなんて

——。

新しい医者や両親の勧めにもかかわらず、私は頑固に寝床で天井を見据えていた。

土の匂いのこもった空気が窓から流れてくる。光が窓の敷居の上まできている。声をあげて家のなかに反応のないのを確かめてから、そっと上半身をおこした。新しい医者の往診があってから十日近くたっている。

窓の方にいざり寄る。光のなかに顔を出した。生の光が顔にふれた。たっぷり水分をふくんだ黒い土の色が、眼から身体に突き通った。

私の魂は感激にふるえた。固執していたお守りのひとつが、大きな眼とともに夢のなかの泡のように消失していく——。これでとうとうお守りは横田くんの葉書だけになってしまった——。頭の隅でそう思いながらも、私は窓枠にしがみつき、立ち上がろうと懸命に硬くて細い棒のような両足を踏ん張っていた。

弾みがつきはじめると若い身体の回復は順調だった。

怪獣のようだった顔や身体も少しずつすっきりしてきて人間らしく、娘らしいかたちになってきた。少しの外出なら熱はでない。生理ももどってきた。家のなかに父や母、家族の笑顔がこぼれるようになった。

郊外にある新しい医者の病院で二週間に一度診察を受け、薬をもらってくる。その帰りに闇市を歩き、買い物をする。少しずつ私は歩行の足をのばした。

二年余りのうちに街は驚くほど復興していた。その街の何もかもが新鮮で、何を見ても病気快癒の喜びが身体の奥から湧きでてくる。

いままで住んでいたバラックの跡に新しい家が建てられた。雑用で母は忙しい。その母を手伝い、食事の後片付けをしたり柱を糠袋で磨いたり掃除をしたり。身体を動かしていると気分までも明るくなる。自由に動けるということは何と素晴らしいことだろう。家族のために朝食や夕食を用意し、妹や弟の弁当をつめながら、生きている実感をしみじみ噛みしめていた。

今日は本屋へ寄ってみようと、朝家を出るときから思っていた。

私の住む市でいちばん大きい本屋が繁華街の近くの一角にある。戦時中は広い棚に本がほとんどなかった。取り残されたように隅のおいてあった数冊の本を父は手にとり、私に頷いてからそれらを全部買ってくれたことがある。宝物を抱くようにして持って帰ってきた――。

戦災後の疎開地からもどってきて、その本屋を焼け跡にみたときは嬉しかった。

病後はじめてその本屋にいく。

私は白と淡いオレンジ色の縞模様の手ざわりのいい生地のワンピースを着て、布の白いサンダルをはいていた。

外出ができるようになると母は早速闇市で布地を買ってきた。私の好きな色合いの生地である。ミシンがないので母は、――私も少し手伝った――、半返しの袋縫いで縫ってくれた。型紙の原型どおりの型でウエストだけを少し下げ、スカートにギャザーを寄せただけのシンプルな型である。縫いながら何度も鏡の前に立ったので、まだ少し肥り気味の病後の身体にも似合う。

残り布で作った手さげに薬と財布、ハンカチを入れ、ワンピースの裾をひるがえして市電をおりた。

梅雨がすぎ、暑い日差しが道路に反射している。

この辺りは市心部でもあり、老舗の並ぶ繁華街でもある。戦災で焼野が原になった。びっくりするほど復興したと父母から聞いていたが、問屋街も商店街も、朝鮮戦争の好景気に賑わっていた。急に暑くなった日中の人の流れにも活気がある。

私はうきうきした気分のままに、きょろきょろと店を覗きこみながら歩いていた。

人の流れの向こうに、左右にゆれる白い開襟シャツの肩がチラっと見えた氣がした。

思わず足を止めた。身体と顔が熱くなる。

白い肩が揺れながらこちらに歩いてくる。やっぱり横田君だ。懐かしさが胸にこみあげてきた。

突然、（早く元気になってください）の文字の一字一字が、私の頭の隅にちらっちらっと顔をだす。そうだ、私は二年間の寝たきりの闘病生活からやっと歩けるようになったばかりなのだ。級友から遅れてしまった劣等感や羞恥のような思いが身体を走る。足がすくんだ。

白い肩がだんだんと近づいてくる。私は眼をつむり、大きく息を吸い込む。

歩き始めた。

横田くんに寄り添うようにいっしょに歩きながら彼に話しかけている女子学生に気付いた。

横田くんは今春K大に入ったと聞いている。夏の休暇で帰ってきているのだろう。

あの女子学生は誰だろう、一級下の人だったか――、どこかで会ったような気がする――。

胸のなかの懐かしさやら劣等感やら失望の思いやらと闘いながら、私は背を立てた。

二人に気付かないふりをして、本屋に向かって速足で歩く。

女子学生の弾けるような笑い声が私と擦れちがっていった。

小説

# 笑い

芙奈《フナ》と佳世――。

二人の写真は手元にはない。

終戦に近い七月の米軍爆撃機による空襲で私たちの市が廃墟となった夜、万年筆、教科書などといっしょに焼失してしまった。が、あれから七十年たった今でも彼女たちそれぞれの顔、姿、声、そして動作まで、セピア色に変色してしまったとはいえ、私の頭の隅の一角に確かな映像を残している。

私たち三人はクラスでいちばんのちびだった。

六年間同じクラスだったと思う。ちび同士ひとつのグループになり、校内の掃除係や給食の当番をすることが多かった。

給食が始まったのは終戦の前の年の昭和十九年に入ってからだったと記憶している。まだ日本の空に米軍飛行機の飛ぶことのめったになかった頃だ。

だが、日々の生活用品、とくに食料が眼に見えて不足してきていた。米麦はわずかな配給量しかなく、大根を刻んだ団子やさつまいもが主食替わりのご馳走だった。だから給食といっても、お味噌汁と週に一度支給される一粒の肝油だけ。だが私たち子供にとっては、この週に一度掌にのるゼリー状の肝油一錠の甘さがこの上なく嬉しかった。

そして午前中の授業が終わると校舎全体にただようお味噌汁の匂い――。いまでも、お腹にしみいるようなその匂いを思い出すことができる。給食当番は小使室からお味噌汁を教室に運んできて、みんなのお椀によそうのだ。校庭で作った大根やさつまいもが具になっていることが多かった。

お味噌汁の給食をすませてから私たちは昼食のために家に帰り、再び登校して午後の授業を受けた。

芙奈は色が黒く、ずんぐりと肥えていた。

私の記憶のなかの彼女は、霜焼けでいつも手を赤く腫らし、飾りのついていないくすんだ色の服を着ている。清潔な白い服や子供らしい明るい色の洋服を着ている芙奈の姿は私の記憶にはない。うつむいて歩き、閉じた厚い唇も開かれることはめったになかった。笑うこともなかった。

外見と同じように、教室の中でも外でも、すべてに鈍重だった。教科書の文章のひとつのセンテンスを読むのにも時間がかかったし、クラスのみんなが待ちくたびれるくらい教壇の前に立っていても、算数の計算を解くことができなかった。

運動も何をしてもビリか、ビリに近かった。いちばん低い高さの跳箱が飛び越せず、体育に熱心だった担任は放課後、ときどき運動場に夕靄のたちこめるころまで付き合っていたが、結局一段も飛び越すことができないままにその教師の学年は終わってしまった。ドッジボールをしても逃げるのが遅かった。クラスの人たちのいい標的だった。

学校にきてもつまらなかったのだろう。休むことも多かった。五、六年の担任は師範学校を出たばかりで、若くて熱心だった。芙奈の家を何度も訪問し、登校を促しているようだった。

日本軍がガダルカナル島を敗退した昭和十八年春頃から、戦時下の町がますます暗くなってきた。

大阪、神戸などからの疎開者がクラスの中にも増えてきた。家族といっしょの転入生はすぐに新しい学友や通学に慣れるようだったが、家族と離れて疎開してきた子は、毎日の通学もおどおどと、頼りなげだった。どこか寂しそうにも見えた。

クラスの疎開者の一人が宿題を忘れて担任に叱られ、授業中に「おかあちゃん」と大声で泣き出したことがあった。

教室の中が一瞬、しゅんと静まり返った。宿題はきちんとしてこなくてはいけないのだと担任が諄々と諭しても、泣き声は高くなるばかり。家族のいない寂しさや周囲への鬱憤などが一挙に爆発したのだろうか。その子の心情を十分理解できないまま、私たちも胸のふさがるような思いで、いつまでも続く駄々っ子のような泣き声を聞いていた。転入後すぐに物怖じなく周囲の子に話しかけていたし、授業中も元気に手をあげていた。明るく、環境に適応しやすい子のように思えた。

近所に可愛い姉妹が両親と離れて疎開してきていた。団子のようにいつも二人で連なっていて、一年生の妹が親代わりの三年生の姉に甘えていた。姉妹は走るのが早く、徒競走で全校生徒の羨望を集めたのをきっかけに、上級生の私に話しかけてくるようになった。

私たちは防空頭巾をかぶって区域ごとにひとつの班を組み、それぞれ二列になって予科練の歌を歌いながら、新入生や転入生の手を引き、学校へ通った。

担任の教師の口からはじめて芙奈の家庭環境を知らされたのは、六年生になって間もなくだった。木々の緑が深まり、茶箪笥の奥に白いカビのみられる梅雨の季節がようやく過ぎようとしていた頃だったと思う。戦争が悪化してきていたとはいえ、米軍の偵察機や爆撃機はまだ、気まぐれのように私たちの頭上を飛んでいくだけだった。

芙奈は学校に入ったころ、母親を亡くした。その後ずっと、身体のすぐれないおばあさんと父親や弟の食事をつくり、掃除洗濯などの家事を引き受けてきたらしい。そして最近父親は、精密機械の熟練工不足から、軍需工場での泊まり込みの作業を始めたのだそうだ。家での彼女の責任はますます重くなった。

芙奈が両親のいない家族の食事を賄い、掃除や洗濯までこなしているなんて——、驚きだった。私は担任の話に耳を傾けながら、いつも赤く腫れている霜焼けの手を思った。冬の朝の家事は冷たくてつらいだろうに——。クラスの誰もが芙奈を見直した。もう少し芙奈をいたわってあげよう——。そう思った級友はきっと私だけではなかったはずだ。

教室での机が隣合わせになり、放課後芙奈といっしょに宿題をすることが多くなった。「宿題のわからないところはお互いに教えあうように」との教師の指示があったのだ。

芙奈は鈍重だったが、呆れるくらい粘り強かった。同じ間違いを振り子のように何度も何度も繰返しながら、少しずつ成果をあげていった。その熱心さにつられて放課後、私も佳世も、またか、と思いながらも芙奈の宿題につきあった。そして気付いたのだ。芙奈はけっして勉強が嫌いではない、と。

「芙奈ちゃん、ほんとは勉強したかったんかもね」と、佳世もいった。

計算の成績が上位に入って教師がにこにこと芙奈の顔を見つめながら名前を読みあげたとき、芙奈は嬉しそうに、そして少し恥ずかしそうに顔を赤らめ、にーっとはじめて私に白い歯を見せた。

そのころには跳箱も、最小段を三度に一度は飛び越せるようになっていた。学校の出席率もよくなった。何よりも芙奈の顔が明るくなっていた。


佳世はおっとりと、どこか柔らかい外見に似ず、すばらしく運動神経のいい子だった。するすると猿みたいに竹のぼりの竹や棒を登っていくし、自分の背丈よりも高い跳箱を、きれいに両足を開いた格好のいい姿で飛び越えた。リレーではクラスの花形だった。小さい身体で髪をひるがえし、ランナーの間を縫って一人二人と前の人を抜いてゆく。誰もが感嘆と驚異の思いでその姿を追い、声を涸らして応援し、拍手したのだった。

ドッジボールのときの球の扱いも巧かった。投げるボールは鋭く正確で、狙われた人はほとんど身体に強いボールを受けることになる。負けそうになっても最後までねばって駆け回る。佳世のいるグループが勝つことが多く、同じグループになるとほっとしたものだった。

街はますます暗くて暗鬱になっていった。商店も配給のあるとき以外は閉じられたままで、どの店の棚もがらんどうだった。布地や洋服など買うすべもなく、歩いている人すべてが国民服か地味なもんぺ姿だった。

だが佳世は時折みなの目を引きつけるような、西洋人形を思わせるおしゃれな服を着てくることがあった。

学芸会に私と佳世とで「村の鍛冶屋」や「お母さん」を輪唱したときには、品のいいローズ色の絹の服を着ていた。裾と袖口にフリルがあり、均整のとれた姿によく似合うワンピースだった。自慢をすることのめったになかった佳世だったが、珍しく嬉しそうに話した。

「お母さんが作ってくれたの。お母さん、裁縫が得意なの。私の服、全部お母さんが作ってくれるのよ。これね、お母さんが結婚式に着た白い着物をほどいて染めてくれたの。きれいな色でしょ。この服を着てお母さんといっしょに写真をとって、お父さんに送ってあげるの。お父さん、大きな軍艦に乗っているのよ」

佳世の胸がちょっぴり、高くなった。

私も、母の若いころの着物で作った洋服を着て佳世と歌った。黒と緑の縦縞に細い金糸の入った生地は、スタイルがいいとはいえなかった私の身体をほどよく引き締めて見せたようだ。ふたりの輪唱はハーモニーがよく、生徒はもちろん先生や父兄にも評判がよかったと、あとで担任が話してくれた。

頭の回転が速く、運動も勉強もよくできた佳世には芙奈の鈍重さが理解できないようだった。一人っ子でどこか大らかな気の良さを持ち合わせていた佳世は、芙奈を非難するようなことは決してなかったが、ときどき、ほんのいっときだったが、芙奈にはついていけないという風な態度を見せることがあった。

私たちは終戦の年の春、国民学校を卒業した。卒業後、芙奈は相変わらず家にいて、おばあさんとまだ低学年の弟の面倒をみているという噂を耳にした。佳世と私は別々の女学校へ入学した。

その頃から戦況は一段と悪化した。米軍爆撃機による本土空襲が激しくなったのは昭和二十年に入ってからだったが、しだいにその空襲が大規模となり、春ごろから初夏にかけて日本の大都市はほとんどが焼きつくされていた。そして空襲の目的が私たちの市のような中都市へと移行しつつあった。警戒警報や空襲警報のサイレンの鳴らない日はなかった。学校へ通うのがやっとの重苦しい毎日だった。上級生は学徒動員で工場に出ていたから、学校の門をくぐるのは入学したばかりの私たち一年生だけだった。

七月九日の深夜、人口二十万足らずの私たちの市は、米軍爆撃機百八機による無差別焼夷弾攻撃を受けた。テニアン島から硫黄島上空をへて室戸岬を北西にすすみ、九日夜十一時五十八分から翌日一時四十八分までのたった一時間五十分の攻撃で、全市のほとんどが焼野原となった。大都市の空襲をはるかに超す密度の高い空襲だったという。空中六千メートルの火柱が全市を覆い、何回もの大爆発が起こったと、〈空襲を記録する会〉の報告書にある。

私たちは奇跡的に一家無事だった。父母は弟たちを連れて郊外の田へ出かけていたし、私と妹は空襲警報にならない前に防空壕を跳びだし、郊外に近い田畑の多い地域に避難していた。

その後、祖母の家や親類の家、母の海辺の家で過ごしたのち、戦前住んでいた市に戻ってきたのは終戦の翌年の秋に近いころだった。

私はもとの女学校にもどった。妹といっしょに通うようになった。戦災で女学校の校舎は焼失し、仮校舎で授業がはじめられていた。街にはぽつりぽつりとそうぎ屋根やトタン屋根が点在するだけで、どこもここも厚い瓦礫の山だった。

私が芙奈や佳世とともに学んだ国民学校の校区は、市中を流れる川の川端からお城の近くまでひろがっていた。空襲で焼死した人が多かったようだ。消息の分からない人もいたという。芙奈の家も佳世の家もお城に近い地区にあった。戦災後私たち一家の住居がもとの校区を離れたこともあって、芙奈や佳世の消息は聞こえてこなかった。

六三三制の実施にともない、私たちは最初の男女共学の新制高校一年生となった。戦時中の兵舎が仮校舎だった。

女学校の頃から私はソフトボール部に入っていた。運動部で鍛えた人の中にあって、休日を返上しての激しい訓練に戦後の私の身体はついていけなかったらしい。高校生になった夏頃から微熱が出て寝汗をかくようになった。結核性腹膜炎と診断され、密輸入のストレプトマイシンで一命はとりとめたものの、その後二年半近くの間寝たままの状態だった。やっと自分でお医者に通えるようになったころは、同級生は大学生になり、妹も翌年の上京を控えて受験勉強にとりかかっていた。

その後も私の身体の回復は順調ではなかった。

「戦中戦後の食糧不足で若い者がようけ結核で死んでいく。けど、あんたの結核はもう治ってる。なんで下痢するかわからんけど、もう一息や、頑張るんや」

そう言って医者は首を傾げながら励ましてくれたが、再び始まったしつこい下痢に体重はまた、寝たきりだったころの半分になった。何を食べても下痢をする。新築された家の二階の一室に閉じこもり、私は終日、一歩も部屋の外へ出たくなくなった。笑うことも忘れてしまった。

夏の終わりに近い暑い日だった。

橋の上でひとりの女に呼び止められた。

その日の朝、私はお医者にいった帰りに路面電車を途中で降りた。旧兵舎に通っていたころの道を歩いてみたかったのだ。

予科練からの復学者もいて、男女共学に慣れない学生の集まる校舎のなかは騒々しかった。男子生徒は高下駄で教室のなかをぞろぞろ歩きまわり、高下駄を振り上げて喧嘩をする。教室の床板が外れて穴があき、窓は壊れたまま。が、遠くから見ればアカシヤの花の並木に囲まれた美しい兵舎跡だった。懐かしかった。ドスのきいた声を張りあげて威張っていた運動部の級友の顔が浮かんでくる。

城跡に沿う長い坂をだらだらと下がっていった。道路の広い街を経て空襲前に住んでいた川の畔に立った。

かつては川幅いっぱいに筏が並べられ、私たち子供の夏のいい遊び場だった。川の畔には船からの荷揚げを必要とする石炭問屋や材木問屋、倉庫、製材所が並んでいた。

空襲のあった日、この地域は当然のことながら激しい戦火で川の水が湯のようになり、爆風、熱風が吹き荒れた。父の倉庫も大きな爆発音とともに屋根と建物が空中高く舞い上がり、空中で木の葉のようにばらばらに破壊されたそうだ。

川の両側はまだ瓦礫のままで、少しばかりの筏が澱んだような静かな流れの上に浮かんでいた。筏の上を飛びまわっていたかつての自分の姿が白昼夢のように目の前を去来する。思わず涙があふれてきた。自分の影を追いかけるように足が水のなかを進みはじめていた。

はっと気がつき、ふらふらと橋の上に戻ってきたときに、女に声をかけられたのだ。

女は髪を赤く染め、上等ではない赤いブラウスを着ていた。場末の女給のようなその女が佳世だと気づくまで、私にはしばらく時間が必用だった。言葉が出ず、ただその顔を呆然と見つめていた。

どこかふくよかさを感じさせた佳世の肌は妙に荒れ、くすんで見えた。

橋の欄干にもたれて「暑いねえ」とハンカチで汗を拭いながら、語り始めた。口を開けば、淡々とした話ぶりはかつての佳世だった。

「空襲でね、お母さんが亡くなったのよ。ちょうど、この橋の下だった」

欄干の上から橋の下を覗き込むように佳世は身をのりだした。その橋は空襲のあった日、私が泣きじゃくる妹の手を引いて渡った橋だった。空襲がはじまったとたん、橋は破壊されたそうだ。

爆撃はまず、お城をふくめた市の中心部を囲むように流れている川にかかる橋の破壊からはじまったようだ。多くの橋が破壊され、市外に出る道が閉ざされた。頭上に降ってくる焼夷弾を避けるため、人は川に飛び込むか、壊れた橋の下へ逃げ込んだ。橋の下へ潜りこんだ人たちは煙に巻かれ、恐らく窒息か蒸し焼きの状態になったのだろう。空襲のあった翌朝、橋の下で多くの人がまるで生きているように折り重なって亡くなっているのを、家跡を探しながら川に沿って歩いていたときに目にした。街に散らばっていた、手足をもがれるように焼かれてしまった黒焦げの死体とは対照的だった。

佳世の母親も橋の下に逃げ込み、煙に巻かれて窒息死したのだろうか。

「お母さん、この下で亡くなっていたの。途中、離れ離れになってね。最初はお母さんと一緒にお城の方へ逃げたんよ。だけどものすごい焼夷弾でね、まわりの火がすごかった。必死でこちらへ逃げてきたんやけど、その途中でお母さんとはぐれてしもうて。この橋の辺りまできて川へ飛び込んだ私だけが生き残って――」

ときどき学校を訪れて担任と話していた佳世の母親の姿が目に浮かんでくる。化粧をしていない、目元の美しい人だった。いつも上下そろった生地の地味なもんぺ姿だったが、佳世に似てきりっとした身体つきながら、どこかふくよかな品の良さを感じさせた。

人形のような洋服姿の佳世も瞼に浮かんでくる。私の洋服みんなお母さんが作ってくれるんよ、と佳世は自慢していた——。

「お父さんも戦死したし——。孤児になってしもうたんや。しばらく田舎の、遠い親類の家にいたんやけど、居づらかったよって——。いま、もとの家の防空壕で、ひとりで住んでいる。お父さんとお母さんの遺骨もいっしょやで。ちっとも寂しいこと、ないんよ」

私は言葉もなく、佳世の顔を見つめていた。

「——。芙奈ちゃんは？　芙奈ちゃんはどうしてるか、知ってる？」私はやっとの思いで佳世に訊ねた。

「芙奈ちゃん、死んだ。芙奈ちゃんもきっとお城の方へ逃げたと思うわ。そやけどあのお城のまわりのひどい焼夷弾から、よう逃れんかったんや、きっと。あの子、ほんとうに、のろまやったよって」

佳世は突然、赤い髪をのけぞらし、中年女のようなガラガラ声で笑いはじめた。

「――?」

「そやけど芙奈ちゃん、のろまで、本当に幸せやったわ――」

のけぞって笑っている顔に大粒の涙があふれ出ていた。

顔の化粧がとけはじめていた。

小説

# 盆踊り

昭和四十年代のはじめの頃だったと思う。

毎年八月は、盂蘭盆会の日を中心に一か月ほど郷里に帰っていた。

八月は盆踊りの月でもある。

当時は村の祭りと同様に盆踊りにも若い衆の参加が多く、万事力にあふれ、活気があった。夕方になるとお社や海辺から、波音に混じって、太鼓の音とともに男たちの力強い声が流れはじめる。夜が深くなるにつれ、太鼓の音や美声が地中に深く浸透し、どんどんと土の中から村中に祭りが伝わっていく気がしたものだった。

海外の各地から復員してきた男たちが、故郷の平和にもなじみ、街に海に山に田畑にと、それぞれの生活が安定してきたころでもあったのだろう。男も女も、村の祭りや盆踊りを通して故郷の平和のありがたさを味わい、人間本来の生活、楽しみを嚙みしめていた頃でもあったのだろうか。

私はときどき、夏の夜の涼みもかねて子供の手をひき、盆踊りを見に行った。

高く組んだ櫓を中心に、芸達者な男たちが幾重にも輪になって踊っていた。さっぱりと糊のきいた浴衣に兵児帯を締め、団扇をかざしたり手でリズムをとったり、無心に踊っている。女の踊り手は少なかった。日本舞踊や民謡のお師匠さんたちだけのようだった。公民館などでまだ女の踊りの練習などがはじまっていない頃でもあったのかもしれない。

その数少ない女の踊り手の一人に、派手な奇妙な姿で無心に踊る女がいた。

あるときは紅絹《もみ》の布を、あるときは黄色い模様柄の薄い布を頭に巻きつけてその端を長く垂らし、長襦袢のようなのを服の上から羽織って踊っている。

きちんと浴衣を着た踊りの師匠などの女の踊り手や、さっぱりした浴衣姿の若い衆のなかで、その派手でだらしなくさえ見える奇妙な姿に、誰もが眼を強く引きつけられていたはずだった。が、若い衆の踊り手たちは暗黙のうちに、その乞食のようにも見える奇妙な踊り手を受け入れている風な雰囲気があった。彼女の踊りを阿吽のうちに認めているようでもあった。

まもなく私はその女が「米屋のくめさん」だと気付いた。

ときどき彼女が、男のように腹の出たがっしりした身体に、一斗ぐらいの米袋をかついで街を歩いているのを見かけていたからだ。

もともとは大きな米屋さんだったらしい。私の家でも使用人の多かった頃は、くめさんの家からお米を買っていた。

太平洋戦争で夫と三人の息子をくめさんは戦地へ送り、そして失った。下の子は十九歳で戦死した。くめさんはひとりぼっちになったのだ。細々ながら米の注文を受けたり、マッサージに出かけたりして生計をたてていたようだった。

彼女は私を見知っているはずなのに、街で出会っても特別に愛想のいい顔をこちらに向けるわけでもなかった。前を見て堂々と歩いていく。人と口をきくことはあまりなかったのかもしれない。

「米屋のくめさん」の家をいちど訪ねたことがあった。親類の女たちが集まって法事の会席膳を用意することになり、そのお米をもってきてくれるよう頼みにいったのだった。

街の中心街から少し外れた、小さな流れに沿った台地にくめさんの家があった。その用水路に一台の水車が止まっていた。

玄関のどっしりした古い板戸を開けると、一間半くらいのかなり広い土間をはさんで一間の広さの板の間が両側に続いていた。天井の高い、大きな家だった。十二畳ぐらいの部屋が二つ、片側の板の間に続く襖で仕切られていた。

くめさんの家が予想外にきちんとしているのに驚きながら、私は襖の間から見える仏壇を眺めた。違い棚と床の間につづいて仏間があり、立派な仏壇がおかれていた。上段には若い兵士の胸写真が四つ並び、中段には千日紅の花があふれ、下段には大きな西瓜が供えられている。

　太い柱の見える家を見まわしている間にくめさんは、木箱からお米を一升枡で計って布の袋に詰めはじめていた。

　その姿を見つめながら私は、用水路にあった水車は、かつてくめさんの家で精米用に使われていた水車なのだろうと気がついた。

　その夜、親類の集まる翌日のための買い物などの準備をすませてから、遅くはなったが、盆踊りを見にいった。なぜかくめさんのこと気になったからだ。

　くめさんはいつものように派手な姿で、無心に踊っていた。

　紅絹の布を頭に巻き、前をはだけた着物姿は、紅絹をつけた女の着物を見ることも知ることさえもなく若く戦死していった息子たちへの供養の姿なのではないのだろうかと、私はふと気付いた。

　踊り達者な若者のなかには、息子と肩を並べて学校へ通った者もいるかもしれない。さっぱりした浴衣姿で踊っている若い衆のなかには、くめさんが面倒をみてあげた息子の友人がいるかもしれないのだ。息子たちと同世代の若者に取り囲まれて踊っている母親としてのくめさんの胸の底には、彼らと戯れていた幼い息子たちの姿が鮮やかに甦ってきていることだろう。盂蘭盆会には死者の魂がもどってくるという。くめさんは踊りながら夫と愛を交わし、息子たちと戯れているのではないのだろうか。大きな涙を胸の中に流しながら、狂人とも見える姿で、「米屋のくみさん」は毎晩のように続く盆踊りに興じていたのではなかったのだろうか。

無心にも見えるその踊り姿を、私は正視できない気持ちになっていた。

その後、派手な女の踊り姿を盆踊りの若い衆のなかに見られなくなったのは、それほど後の日のことではなかった。

酒好きだった彼女は毎夜コップ酒を飲んでいたらしい。ある日、いつものようにコップ酒を飲んで、翌日そのまま逝ってしまった。

盂蘭盆会の月になると、毎年のように盆踊りの音楽が流れ始める。その音楽に耳を傾けながら私は、天国で紅絹の布を頭に巻き、夫や息子たちと盆踊りに興じているくめさんをつい想ってしまう。そして、くめさんにはせめて天国で、夫や子供たちと最高に幸せなひとときをもっていてほしいと願う。

小説

# かぶと虫

夜のうちに夕立があったらしい。涼気に水が籠っていた。

海の香がする。

「おはようございます」

朝霧をぬって声が流れてきた。

箒をもったまま、私は上半身を起こした。

「おはようございます」

道路の向こうのにこやかな顔に、挨拶を返す。

向かいの奥さんはすぐに小柄の身体の腰を軽く折り、P洋服店という文字の入ったガラス戸を両側に開け放しはじめた。

町はまだ低い庇をならべて黒く眠っている。空だけが白い。K半島南部の、海岸に沿った小さな町の早朝である。

昨夜遅く、子供を連れてこの町にきた。

毎年夏になると、海に近いこの町にくる。

亡父が家を残してくれた。その晩年の多くを過ごしたこの小さな町を私は気に入っている。

海と、あっけらかんとひろがる大気のせいである。未明から空が明るく開き、その空気のなかにいるだけで心は晴れやかに、おおらかになる。朝寝宵っ張りの私が、ここでは早寝早起きだ。今朝も未明に起きて家のまわりの掃除にかかっていた。

「幸っちゃんはお元気?」

道路の向こうからまた、声が届く。

店の前のコンクリートの上を洗い流し終えたらしい。長いホースを手早く水道管に巻きつけ、ピンクのブラウスの胸をゆらしながら薄靄の流れる中を泳ぐように、向いの奥さんはこちらに道路を横切ってきた。

「洋介、喜ぶわ。毎日、幸っちゃんを待ってたよって」

「また、洋くんを一日中追いかけるのでしょう」

「うちの洋介、幼稚園で女の子にもてんのよ。あの子の横に皆、座りたがるんやと。洋くんの目を見てるとうっとりするって、家で話すらしいんやわ」

「洋くんの目、素敵やもんね」

箒をもったまま、いつのまにか言葉に土地の訛りの混ざっているのに気づきながら、私は相槌を打った。向いの奥さんの話はたいてい、息子の自慢からはじまる。

「深い色をしたええ目やねえ。男の子の目にもったいないわ。奥さんゆずりねえ」

嬉しそうな微笑が口紅だけを引いた顔にひろがった。洋くんに似た大きい黒い目が、水気の残る朝の涼気に洗われたように冴えて見える。

しだいに薄れていく靄のなかから白いスクーターが現れた。

「やあ」

顔も手足も見事に日焼けした洋品店のご主人がスクーターを止め、挨拶をかねたような顔を私に向けた。

「今日はいさぎがようけとれたわ」。スクーターの荷台から大きなポリバケツを下ろし、そのひとつを抱えて店の奥に入っていく。

道路に残されたバケツの中を覗いた。肥えて艶のある濃茶の背が、バケツに張ちきれんばかりに重なってうごめいていた。お刺身にしたらどんなにおいしいだろう――。

「十五トンの船を買うたんよ。朝三時に起きて船を出すの。いまはいさぎの時期や。値もええし」

「夜遅くまでお店を開けているのに、朝早いのねえ」

道路を隔てて開け放した店が見える。五、六坪くらいの土間で、庇が低い。靄が晴れてきて空は明るくなってきたが、店の中は暗く、商品の見分けがつかない。

タオルを首に巻いた労働者風の男が、道路に姿を現した。

「子供ができた祝いや。何か見立ててくれ」。男が大声で怒鳴ってくる。

「何がええかのう。男かあ」。奥さんも怒鳴り返している。

「女やあ。あかんのう」

「いくらぐらいにしましょ」

「適当でええわ。この店、早くから開けてるんでたすかる。ここのかあちゃんはよう稼ぐし、別嬪やし——」

奥さんは手早く商品を箱に詰め、前歯の抜けた口を開けて笑っている男に手渡した。

男は弁当とその包みをぶらさげて道路を横切っていった。

「私にも土産替わりになるもの、何か欲しいんやけど」

午前中に、留守の間に世話になる人たちへの挨拶をすますつもりだ。

この町は海あり山あり、魚も野菜も豊かで新鮮だ。小さな菓子店の安価な和菓子やカステラが素朴で本物の味がするのに気付いてから、東京からの土産を止めた。たいていはこの店の実用品を挨拶のかわりに使う。

レースを多く使った下着の上下を箱に詰めてもらうことにした。

家に戻ったが、娘はまだ眠っている。財布を持って、また道路に出た。

道路を横切って店に近づくと、暗い店内の奥に、蛍光灯の小さな光を反射させて浮き上がったような白い顔が見える。この店をいつ覗いても客に商品を勧めたり、客待ち顔に腰を下ろしている小柄な姿があった。

私を認めたのか、小さな光の中で、にこやかな笑みが私に向けられている。

「これ、どう？」

奥さんは朱と白の太い縞のワンピースを私の身体に当てた。私の服装が地味になりがちなのをよく知っていて、この地にくるたびに、明るい色合いのものを上手に勧める。東京では浮き上がる派手な色合いも、日射の強いこの町では実によく映える。

「そうねえ――」。太陽になったつもりで大気のなかを闊歩するのも悪くはない――。

「幸っちゃんには、これどうかしら。似合うわあ」

私は自分と子供のワンピースを買い添えた。

暗さに慣れてきた眼で店内を見渡す。ケースの中には上等のものが収められているようだ。去年来たときはガラスケースがなかった。周囲の棚には下着やエプロン、バスタオル、子供の衣類が天井まで積み上げられ、ワンピースなどは天井から吊り下げられている。

「こんな田舎やよって流行のもんばっかりでもあかんし――。早うもっとひろいお店、持ちたいんよ」

子供のワンピースを包装しながら、奥さんは低くつぶやいている。

いつのまにか日が昇ったらしい。

空は早朝からきらびやかな光を放射している。町を覆っていた水気は、強い日差しの中に吸い上げられていた。

「今日も暑そうやねえ」

「そろそろ洋介も起きてこっちへ来る頃や。暑うならんうちに絵の塾に行かせんと。あの子、絵が上手やして」

「いいわねえ」

「工作も上手に作るんよ」

「――」

奥の部落から出てきたらしい長髪の若者が二人、相乗りをしていたバイクを店の前で止めた。

「いつもおおきにやで」

私に向かって丁寧に腰を折ってから、にこやかな顔を若者の方に向けた。

「Tシャツ、ほしいんや」

「入ったばっかりの、ええのがあるで」

低い天井からぶら下がっている商品をかきわけながら、二人の若者を従えるようにして小柄な身体が奥へ入っていった。


一週間たった。

今日も朝食をすませるとすぐに裏庭に出た。朝引いた雑草を畑に運ぶ。堆肥にして畑の夏みかんの木の周りに埋めてやるのだ。雑草は私の背以上になっている。この家にくると、しばらくは、涼しい朝の間は庭と畑の草引きだ。

「ただいま」

母屋から離れた隠居所に住んでいる伊能さんが帰ってきた。

顔が真っ赤だ。くしゃくしゃになったハンカチで顔じゅうを拭きながら、肥った身体を前屈みにして足早に歩いてくる。両手に雑草を抱えている私の前を通り過ぎて、井戸端に行った。ワイシャツの胸をはだけ、ズボンの裾をまくり上げ、水を使いはじめた。

伊能さんは関西に本社のある大手の製薬会社の社員だ。この町はずれにある工場に単身で赴任してきている。私は隠居所をその製薬会社に貸していた。

今日は土曜日――。雑草を運び終えた私は作業用の手袋を脱ぎながら、井戸端へ近づいた。

「今日はお帰りですか」

やっと身体の火照りの収まったという顔が私の方を向いた。上半身は裸だ。

「はあ、これから一休みして、帰ろう思うてます」

「この暑いのに。毎週土曜日に帰って日曜日の夜こちらにいらっしゃるなんて、大変ですね。奥さんがお待ちでしょうけど。往復にかなりの時間がかかるでしょうに」

「いやあ。帰らんと坊主がうるそうて」

眼鏡の奥の目をしばたたかせ、伊能さんは頭に手をやった。はにかみながら、嬉しそうな声だ。

「おいやーん」

洋くんの声がする。

庭の竹戸を開けて洋くんが、転げるように駆け込んできた。白い箱を脇に抱えている。息を弾ませ、伊能さんのそばに小さな身体を寄せた。

「これ、かぶとむしや」

白い箱を伊能さんの方へ捧げるように差し出した。肩が波打っている。

丸い幼い手が箱のふたを取った。

幼児の握りこぶしほどの黒褐色のものが箱の底で光っていた。頭部と背の甲が艶やかに光っている。かさこそと這いだした。四、五センチはあろうかと思われる長く頑丈な又状の角をぐっと空に突き上げ、短い鉤状の角を光らせて、口の両側に出ている触覚で何かをまさぐりながらそろそろと前進している。

「大きいかぶと虫ねえ。黒光りする豆タンクみたい」

このあたりではかぶと虫は珍しくはない。夜になると灯を慕うさまざまな蛾や黄金虫などの昆虫にまじって、かぶと虫も家の中に飛び込んでくる。

昨夜もばさりという音がして蚊帳が揺れた。電気スタンドを蚊帳のなかに持ち込んで推理小説を読みふけっていた私は、仰向いたままその方に目をやった。黒い塊が蚊帳の白い細かい網目の向こうにぶらさがるようにしがみついている。重みで蚊帳はその部分だけ下に引っ張られていた。黒い塊は蚊帳の目のようだった。じっと見つめているうちに黒い色がしだいに広がっていって、その巨大な黒光りをする目のなかに私の身体が吸い込まれていくような気がした。

起き上がって電気スタンドの灯を近づけた。腹部がかすかに規則正しく動いている。そのたびに不気味な光が動いた。

庭から飛び込んでくるかぶと虫は、大きな黄金虫を思わせる艶麗なのもいるが、たいていは灰色じみていて、戦火をくぐりぬけてきた戦車といった風体だ。だが野性のこれらは、雄ならばどれでもりっぱな角をもっている。

東京の夜店で、東京のかぶと虫を見たことがあった。体部にあたる部分はそれほどでもないのに、角が貧弱だった。店の前で戦っているかぶと虫を見ていると、長い角をお互いの相手の体部の下に入れ、短い角をがっちりと咬み合わせて相手を倒そうとしている。

こいつらを野性のものと闘わせたら、相手のりっぱな角が腹部の下にしっかりと入ってきて簡単に身体が持ち上げられ、ひっくり返ってしまう、と田舎で育ったという店のおじさんは笑った。この二本の角で相手を威喝しながら樹液を吸うらしい。だからこの角にはかぶと虫の生命がかかっているんでさ。指先でその角を撫でながら、おじさんは言っていた——。

洋くんのもってきたかぶと虫は、身体も大きいし、角もたくましい。色艶もいい。ちょっと指先で頭部に触れてみた。石みたいに堅固だ。

「こんなにりっぱなの、珍しいわね。強そうで美しい。宝石みたいに光って。どこでとったの」

「はちまんさんや」

「ふーん、よく取れたわね。伊能さん、坊ちゃんにいいお土産ができましたねえ」

伊能さんは両手で白い箱をもった。仰向いて自分の顔を見つめている洋くんの顔をじっと見つめた。

「これ、おいやんに、くれるんか」

小さい身体がもぞもぞと動きだした。履いていたゴム草履の片方を脱いで、その足を前に出している。

「おいやん、みずむし、できてるんや」

「水虫？——。薬屋さんで薬を買ってきて塗ったら。早く手当をすればすぐ治るわ」

「おいやん、みずむし、できてるんや」

洋くんは十分舌のまわらない口で、同じ言葉を繰り返した。真剣な目を伊能さんに向けている。つと、小さい身体を前に屈めた。自分の足の小指をひろげて見せて、伊能さんの顔を見上げた。

艶のある大きな黒い眼が光った。

足は水虫になっている風には見えない。

「水虫の薬欲しいんか。今度持ってきてやるよ」

ほっと表情をゆるめて、洋くんはこっくりと頷いた。素早く足を引っ込め、くるりと後ろを向くと、風のように庭の竹戸を駆けぬけていった。水色のランニングシャツが生垣の下の方を走って、消えた。

伊能さんは製薬会社に勤めている――。やっと私は事情を飲み込みはじめた。顔が熱くなってきた。

「誰かが水虫なのでしょうか」

「旦那か、奥さんかー。この前は黒い蝶でした。蝉のときもありましたがな。私ら製薬会社に勤めているよって、風邪薬でも、ただで手に入る思うてますんやろ。向かいの店は小さいけど、よう繁盛してますやろ。旦那も漁船持ちましたわ。いま魚は、ええ値段いいますなあ。それに最近、親類から遺産をもろたていう噂もありますで」

おとなしい伊能さんが何時になく饒舌だ。眼鏡の奥の丸い目に、きつい表情があった。

「――。それにしても、どうして洋くんが」

「大人が、言いにくいのんと違いまっか」

「あんなに洋介、洋介って言っているのに」

「ほんま、殺生なことでんな。小さい子に。いい子でんのになあ」

伊能さんはかけていた眼鏡をはずし、またかけた。井戸端の棚の上にのせていた白い箱を持ち直し、ワイシャツとシャツとを脇に抱えて、そそくさと隠居所に向かった。

今朝いつものように挨拶を送ってきた奥さんのにこやかな笑顔が、鮮やかに私の頭にのぼってきた。田舎の人とは思えないその垢ぬけた容姿の上に、一週間前からの後味の悪い出来事が覆いかぶさってくる。

この町に来た翌日の朝、近くに住む区長が訪ねてきた。土建業を息子に譲って、何度目かの区長をしている。血色のいい顔を微笑のなかに埋めてしまったような表情で挨拶をすますと、見事に光る坊主頭を撫でながら話しはじめた。

「お宅の畑の境界のことやけどなあ」

満面笑みの顔の、目の端が光った。

とっさのことに戸惑いながら、南側と北側の二つの道路に面した南北に細長い裏の畑の東側を私は頭に思い浮かべた。東側は他人の所有する二つの畑と隣接している。北側の畑とは杭を打って境とし、南側の畑との境界は金網を張っている。南側の道路をひろげることについて、計画書と協力の依頼書が役場から届いていた。

「今度の計画について、あんたとこと向かいの家だけ承認をもろうてないんや。境界をはっきりさせんとあかんでのう」

「向かいの家――との境界――」

「洋品店の家やが。あそこの家の奥さん、あの東側の南の道路に面した畑を、最近、伯父さんさんから相続したんや。伯父さんに子供がなかったよってなあ。その畑の境界のことやけど、洋品店の奥さんは、北側の畑からまっすぐなはずやって言うんや。あんたの畑、東側の二つの畑との境界のところで、十五センチほど東に出てるやろ。考えてみるとおかしいわなあ」

「あそこは、私が相続する以前からあんな風だったわ」

「あんな金網だけでは境界線にはならんで。あんたとこが勝手に作ったんやろ。向かいの奥さんの伯父さんが死ぬ前に、お宅に話してほしいって頼みにきたんや。いい機会やよって、この際、北の畑からまっすぐにしてあげたらどうない」

「いまになってそんなこと。あそこは、昔は畑が二つに分かれていたところだと聞いています」

「死んでいく人が嘘はつかんと思うで。あんたさえ承知してくれたら、こっちですぐに境界線にセメントを流すよって。そしたら道路の方も工事にかかれる。あの路が広うなるの、みんな待っててんや」

「向かいの奥さんと話し合ってみます」

「このことはわしが任されてるんや。あの人の伯父さんから、直接に頼まれたんもわしやよって」

「父が生きているうちにどうして言ってきてくれなかったのかしら。四十年前から変わっていないけど」

「こんなことは自分から言えんよって、わしに頼みにきたんや」

夜遅くまで粘っていたが、首を縦に振らない私の態度にしぶしぶと区長は尻をあげた。

亡父が残してくれた家、土地、畑は私自身の財産である。亡父に感謝しつつ、大切なものと考えてきた。向かいの奥さんとは是非、話し合わねばと思った。

翌朝早く、電話の鳴る音で目を覚まされた。

「町内会長やけど、今日からしばらく、視察旅行をかねて海外に出かけるよって、その前に頼んでおこうと思って」

その声に聞き覚えがあった。

「あんたのお父さんをよう知ってるんや。あんたの小さい頃もよう覚えている」

腹に響くような声で親しげに話しかけてくる。

「境界線のことは難しい問題やけど、当事者もいないし調査する方法もないし。裁判ていうても、時間も費用もかかる。洋品店の奥さんの伯父さんが区長に頼んであったということやし、みんなのためやと思うて、先方の言うとおりに境界をまっすぐにしてあげたらどうない。境界が決まらんと、洋品店の奥さんの判をもらえんのや。道路が広うなるのをみんな待ってるんやよって。あんたのお父さんは事業にえらい人やったけど、寄付するときはぽんとしましたで。お父さんやったら、皆のためになるようにしてあげたと思いますで」

私の持っている不動産は亡父の遺してくれたものだ。それだけに、田畑について亡父のことを持ちだされると、理屈を超えた義務感のようなものが私を支配する。相手の言い分はおかしいと思いながらも、いつも、亡父の誇りのために何かをしなくてはならない気になるのだ。戦後の復興の波にのって亡父はかなりな財をなした。それへの羨望や嫉妬のからんだ悪評に似た噂も多かった。亡父の悪評に上塗りするようなことはしたくない。

そんな思いがつい口に出てしまったらしい。気づいたときは、不本意ながら、先方の言い分を承知していた。

その日のうちに区長の息子は境界線を引き直し、セメントを流し込んだ。境界線が長く裾広がりになっていて、隣りの畑に移動した土地の面積は十坪余りという。駅へ五分という距離にあるこの辺りは、畑地であっても宅地並みの扱いだ。——

伊能さんが隠居所の障子を開け放しているのが見える。私は土で汚れた手袋をバケツに入れた。

雲ひとつもなく晴れわたっていた空に、海の方から薄い雲が流れはじめた。雲がだんだんに厚くなってきた。

夕立がきそうだ。八月になると夕立が多くなる。雲は走りながら空の水をぶち撒くように一降り、涼雨を空から地上に落として引きあげてゆく。

私はもうすっかり乾いているはずの洗濯物を取り入れに、庭の奥に走った。


一年たった。

涼風が顔を撫でている。

懐かしい海の香りだ。目を閉じたまま、思い切り、その香りを吸い込んだ。

昨夜遅く、久しぶりの思いで、この小さな町にきた。

もう日が昇っている時刻だ。朝の涼気の流れてきた前栽の植え込みの間から清水の飛沫のような陽の光がこぼれている。

起きて、道路に面している座敷の雨戸を開けた。

向かいの洋品店のガラス戸にカーテンがかかっている。

あれ、どうしたのかしら。

白いカーテンの向こうに人の気配は感じられない。

隣村に住むお母さんの葬式の日でも、ご主人と交代で店を開けていたのに――。

どこかほっとしている自分を感じながら、私は白いカーテンの向こうに目を凝らした。

掃除をすませてから、洋くんへの土産をしっかり胸に抱いた娘の後について、表に出た。

前の家の戸は閉ざされたままだ。

「洋君、どこへ行っちゃったのかなあ」

「みんなでお休みをとって、お出かけなのよ」

「夜になると、帰ってくるかなあ」

「きっと、帰ってくるよ」

この家に来ると、まず海に入りたい。

おにぎりを作り、娘の手を引いて海へ出かけた。

K半島南部の海はいつ来ても、豊かで力強い。まばゆいばかりに美しい。海に降り注ぐ明るい太陽のきらめきは、人を光の精にしてしまう。どこの海よりもこの見慣れた海が素晴らしいと、私はいつも思う。

堤防に遊泳禁止の立て札が立っていた。人影はない。入道雲が水平線上に小さく座っている。娘といっしょに光の中を海に向かって走り出した。

浮袋の中に身を入れた娘が波打ち際で遊んでいるのを見ながら、私はゆっくりと、青緑色の大きなうねりに身体を浮かべた。一年間の身体と心の垢が流れていく。肺も脳も眼も青くなった。

「蟹さんがいなくなったよう——」

「——」

「あした、洋くんといっしょに、こようよ」

娘とおむすび食べ、泳ぎ、寝そべった。

脳も肺も酸素で膨らませて、帰途につく。

街の方へまわった。

小さな町も少しずつ変化していた。

田舎なりの風情を残した古い商店街は廃れ、奥の山地から出てくる通路にあたる国道に沿う新興の商店街が意外な賑わいを見せていた。

新しい商店街に沿ってぶらぶらと、子供の手を引き、外から店内をのぞき見しながら歩いていた。

見知った顔が眼に飛びこんできた。向いの奥さんだ。ピンク地のワンピースに小さな白いエプロンをあて、ポケットに手を入れて立っている。

思わず声をかけていた。

「今日はお休みですか」

光る眼が私を捉えた。すぐに柔らかい美しい笑顔を見せ、ポケットから手を出して腰をかがめた。

「いつ来たん」

「昨夜よ。今日どうなさったの。お休みですか」

とんでもとんでもないという風に、奥さんは首を強く振った。

旧盆が近い。洋品店は書き入れ時のはずだ――。

「でもお店が――」

何気なく上を仰いだ。P洋品店と書いた大きな看板が上がっている。あっ、向いの洋品店――。

視線を奥さんに移した。黒い陶器をはめ込んだような瞳は艶やかに澄み、ほほえんでいる。

「ええ、この店建てたんよ。あそこはそのまま置いているの」

二階建ての店は新興の商店街にふさわしく、広くて明るい。ワンピースがショウウインドウにかかり、ガラスケースの中にはニットのブラウスが丁寧に並べられている。掃除が行き届いて、ガラスが透き通っていた。

田舎には珍しく清潔で品のいいお店だ。店の前の片側に買い替えたばかりらしい黒塗りの乗用車がおいてある。

黒い眼が輝いて見えた。

「誰の力も借りんと、私たちだけで、この店建てたんよ。土地も買うたんやわ」

奥さんの柔らかい声が耳を流れる。

ふと、去年東京へ帰る前に見かけた奥さんの姿が、私の頭の底に浮かんできた。

この町からバスで三十分ばかり海岸線に沿って南下したT市に買い物に出かけた時だった。古くからの名物である蒲鉾を買い、他に珍味の類はないかと、娘の手を引いて商店街を歩いていた。

旧盆が過ぎてもうだるように暑かった。繁華街を外れた道路に眼をやったとき、裏通りから白い日傘をさした女が出てきた。私がいる場所とは反対側の方向へ歩いていく。

サングラスをかけているのが見えたが、後ろ姿は間違いなく向かいの奥さんだ。レースのワンピースを着て、見覚えのある藤で編んだ籠をもっていた。お盆がすんで、お店のいちばん暇なときだろうから——。奥さんは俯いて足早に歩いていく。同じ路地から丸坊主の頭を光らせた男が出てきた。区長だった。一定の距離を保って同じ方向に向かっていた。二人が出てきた路地のあたりは、いわゆるラブホテルの多いところだ。——

海の沖から暗い大気が町の上を覆いながら走り、襲ってきた。地平線上に小さく座っていた入道雲が、のしかかるように背をのばしてきていた。

「おばさん、洋くんは」

「いま算数の塾へ行ってるんよ」

「あした、海にいかないの」

「明日は親類のお兄ちゃんと大阪へプラネタリュウム見に行くんや。洋介ももう一年生やよって」

夕立がくるらしい。大気が真っ暗になった。

「大きな夕立やわあ」

娘とともに、軒下に走り込んだ。奥さんも庇の中へ入ってきた。

閃光が走った。

洋くんに似た瞳に光が反射した。

かぶと虫だ。かぶと虫が二匹、光っている——。光りながら回転している……。

「あら、大変、洋介が帰ってくる頃やのに」

奥さんは車の方に走り寄った。赤い光を点滅せながら、車が動き出した。

豆粒ほどの太い雨が降ってきた。晩夏の到来を告げるどしゃぶりの夕立だ。町の家並みは押しつぶされそうに傾いて見える。

奥さんの黒い車は強い雨脚をはね飛ばし、国道へ向かって走っていった。

小説

# 紙人形

寒が明けた昨夜から冷え込み、今朝は未明から雪が降りはじめた。そしていつの間にか牡丹雪に変わっている。

東京では珍しい大雪になるかもしれんな――。

広田はガラス越しに外を見つめながらつぶやいた。雪片が湧きでるように舞い降り、屋根や建物を白く埋めていく。

正月以来の久しぶりの休日だった。セーターの上に丹前を重ね、着ぶくれした身体を炬燵のなかに入れて寝そべったまま、五階のマンションのガラス窓いっぱいにひろがる美しい自然現象に見とれていた。

昨年末、多分最後となる転勤で関西から東京に引っ越してきた。雪国で生活した経験のある広田には、東京での珍しい降雪の風景は遠い思い出を見ているようで懐かしい。

妻は炬燵のそばで人形作りに余念がない。千代紙がひろげられ、白い小さな人形の顔が並べられていく。

あの日もえらい吹雪やった――。

雪の降る風景が、半世紀近い前の猛吹雪の日のことを彼に思い起こさせた。

二三日前、同窓会の通知を受け取った。

日本海に沿う津軽に近いＨ市の高校に入学し、その高校で二年間を過ごした広田に同窓会の通知が送られてきた。名簿も添えられていた。親しかった路谷の名もあった。路谷も途中で転校し、その高校を卒業してはいない。えらい熱心な幹事やと感心すると同時に、転校以来会っていない路谷の顔やその町が急に懐かしく広田の胸を去来しはじめていた。

その矢先の今朝からの雪景色だ。

今年の同窓会には出席できないが、機会があればあの町を訪れて路谷にも会ってみたいと、ガラス窓に広がる降雪を眺めながら広田は思った。

忘れてしまっていた高校時代の猛吹雪の日のことがときどき頭にもたげはじめたのは、広田が大学を出て警察官になり、難しい事件をも追うようになってからだ。テレビなどで雪の風景の映像をみると、ふいとあの日の情景が頭に鮮明に描かれる。

日本海沿いにあるＨ市は冬は長く、吹雪く日が多かった。吹雪きはじめると二三日、そして四五日と続くこともある。五十センチの視界がきかなくなった。

あの日はほんまに、えろう吹雪いていた――。広田はまた胸のなかで呟く。

半世紀前のその日は、Ｈ市でも十年ぶりの猛吹雪襲来との予報が朝から出されていた。

学校も早い下校となった。

家に帰って、生徒会の通知に必要な書類を教室に忘れてきたのに気づいた。翌日までにガリ版で仕上げねばならなかった。

時計を見上げた。三時前。

学校は市の中央部を南北に走る国道の西側にあって、国道の東側にある彼の家からは歩いて三十分ほどだ。こんなに吹雪くといつもよりは倍以上の時間がかかるだろう。

しばらく躊躇してから、彼はもう一度時計を見上げ、思い切ったように尻をあげた。

懐中電灯をもち、防寒具に身を固めて家を出た。

学校に着いたとき、玄関ホールの時計は四時を過ぎていた。

吹雪は予報通り次第に激しさを増してきている。書類の入った袋をしっかりと胸に抱え、吹雪の壁を押し返しながら必死の思いで家に向かった。

国道近くへ来てふと顔をあげたとき、夕闇の迫る暗がりの向こうの街灯の光の中で、男がよろめいているのが見えた。高い街灯の灯りの光がそこだけ吹雪を遮断したように国道にひろがり、そのなかで男がよろよろしているのだ。無声映画の画面をみているようだった。

酔っ払いだ——と、彼は思った。

こんな吹雪く日でも酔っぱらう大人がいるんだ――。

広田は国道の手前で立ち止まった。亡くなった父親を思い出した。自分で運転していた車を雨の中でスリップさせてあっけなく死んだ。酒が好きだった。その日も酒を飲んで、酔って自分の車を運転していた――。

突然二人の男が舞台に登場するかのように、国道の街灯の明かりのなかに入ってきた。よろよろしている男を両脇から抱えて縺れるように国道を北の方へ少し歩き、西へ折れる小道の暗がりのなかに消えた。

三人の男たちが消えて広田はわれに返った。

あわてて広い国道を横切りはじめた。

それから五日後、荒れ狂った吹雪がおさまり、町全体がすっぽりと雪のなかに埋まってしまったような朝、一人の男の凍死体が発見された。吹雪のはじまった翌日に届け出のあった営林署の職員だった。

広田の友人路谷の父親の凍死体だった。

その場所から五十メートルほど歩くと路谷の家だ。こんなに家の近くまで帰ってきていたのにと、凍死体をみた営林署の職員の誰もが涙を流した。

路谷の父親の遭難を知ったとき、広田の頭のなかに吹雪いていた日の酔っ払いの姿が浮かんできた。あの酔っ払った男は路谷の親父さんだったのだろうか。あんなに穏やかな親父さんでも、正体なく酔うことがあるのだろうか。家で酒を飲んでいるのを見たことはなかったのに——。

彼は路谷の家族が好きだった。

父親と楚々とした美しさのある母親と路谷と弟の好《こう》くん。その家を訪れるたびに家族のそれぞれが、父親を失い田舎の親類に身を寄せている少年を家族の一員として、素朴な温かさで受け入れてくれていた気がするのだ。一家の生活は質素だったが、気のおけないのびやかさがあった。その家にいるとなぜか気分が落ち着いた。それは多分に、どこか強い芯を感じさせながらも、終始おだやかな物腰で温かく息子の友人に接してくれていた親父さんの人柄に負うていた、と思っている。

酔った男を見たのは多分五時前——、あれは誰だったのか——。

吹雪の日の夕方のことは広田は誰にも話さなかった。

父親を亡くした路谷の家はその後訪ねていっても、大きな穴があいたようだった。

一家はまもなく営林署の宿舎を去り、同じ県内の母親の故郷へ引っ越した。父親の遺骨を抱えた路谷は、背の高い細い身体を折るようにして列車に入っていった。声をかけるのも躊躇するほど、その姿は寂しげだった。

〈国有林の払下げにからんで営林署の汚職か〉という見出しが大きく地方紙に掲載されたのは、それからしばらくたったころだった。

日本海に面したH市は後ろに国有林を控え、木材を中心に発展してきた。が、その頃は長年の伐採で資源は枯渇し、良材の払下げをめぐる業者のトラブルの激しさがしばしば市民の話題になった。

汚職のニュースが報じられた頃、路谷の父親がその事件にかかわり、収賄が発覚しそうになって死を選んだとの噂が町に流れた。

広田は驚愕した。

うそだっ！と叫んだ。

彼は、路谷の父親には自分の父親以上の信頼と親近感を寄せていた。すぐに図書室で関連の新聞を読みなおしてみた。

吹雪の日、営林署で署員の結婚を祝う小さい飲み会があった。吹雪く予報が出されていたので、飲み会は署内で昼食をかねて行われた。職員全員が参加した。路谷の父親はいつになく杯を重ねた後、会が終わると他の職員とともに署を出た。そして二時半には署員とも別れて、いつもの路を帰っていった——。

新聞の記事はだいたいこのような内容だった。新聞の報道通りならば、彼が見た男が路谷の父親だったとしても、他のふたりは営林署の職員ではないということになる。

路谷からは「見送りありがとう。元気だ。」という葉書が届いただけだった。

広田も高校の最後の年、やりての母親が故郷に洋裁店を開くのをきっかけに、関西の高校に転校した。もっぱら受験勉強に追われた学年だったこともあって、路谷のことはしだいに頭から去っていった。

あふれるように雪が舞い降りてくる。

親父さんはあの署では重要な地位にあった。事情を知りすぎて消されたんかもしれん。

あの署は昔からやりにくい署だと聞いている。ほんま、上から消されたんかもしれん。

広田は大声で呟いた。

夫の独り言に慣れている妻は、顔もあげずに黙々と人形作りに余念がない。

あの日、酔った男を見たという情報はなかった。国道で三人の姿を見たのは俺だけかもしれん——。何かに押潰されそうになって必死に助けを求めているような姿にも見えたが——。

いつものように広田の頭のなかでは、同じ疑問の堂々巡りが始まっていた。名簿でみると路谷は現在、高校時代を過したH市のある県内に住んでいるようだった。職業は中学教師となっている。

こんどの出張のついでにあの街に寄ってみよう。広田はまた独りで呟やきながら、路谷の住所と電話番号を手帳にひかえた。


その後一か月とたたないうちに、津軽に近いその地域を訪れる機会があった。

仕事を終えての帰途、広田は新幹線を降りて懐かしいホームに立った。ゆっくりと長いホームを踏みしめるように歩き、改札口に向かう。黒っぽいアノラック姿の背の高い男が改札口に立っていた。

「やあ！」

たがいに初老の域に達した顔を見つめあい、握手を交わしたとたん、四十年近い年月を超えて昔の二人にもどっていた。

明日から四月だというのに、駅を出ると雪だった。この町には珍しく風がなく、厚い雪がしずしずと街の上に降っている。かつて住んでいた街の雪の風景だ。

広田はしばらく足を止めて白一色の街の景色に見とれていた。

雪の中に埋もれると、街並みは昔のままのように思える。雪の世界のひんやりした空気を胸いっぱいに吸い込んだ。身体も気分も高校生の時代に戻った気がした。

広田は花束を手にしていた。二人の足はしぜんと、営林署の宿舎のあった方へと向かっていた。

歩きながら、別れてからのお互いの身の上を話し合う。路谷はその後間もなく母親も亡くしたという。

営林署の宿舎はすっかり改造され、鉄筋コンクリートになってはいたが、もとの場所にあった。路谷の親父さんの凍死体の発見された下水道の溝のあたりにも雪は積もっていた。

広田は雪の上に花束を置き、手を合わせた。

「親父さんは事故死だったの」

「それがねえ。僕にもはっきりわからない。ただ、自殺ではなかったと思う。親父は自殺するような弱い男ではなかったからねえ」

広田はうなずいた。息子の友人にもつねに穏やかな物腰を崩さなかったが、何か太いものを感じさせた親父さんだった。人生に弱気な姿勢はなかったのではないかと彼も思うのだ。

父親の凍死や汚職の噂のことには、路谷も長い間釈然としない思いに取りつかれていたようだった。

「君が刑事になっていたのを知っていればもっと早く相談していたのだったが、とにかく僕なりに調べ、考えてみた。話すから聞いてくれ。家の中の恥ずかしい事情も話さなければならないのだが」

二人は国道を横切った。広田の希望で、かつて通った校舎を見に行くのだ。

校舎は丈の低い松を中心とした防砂林の手前の、小高い崖の上にある。海が荒れると、授業中でも海鳴りが聞こえた。校舎はりっぱな鉄筋の建物に替わっていた。

路谷は歩きながら話しはじめた。


「親父が帰宅しなかった夜、何か手がかりをと思って、親父の日記を読んだ。軍隊にいるころからの習慣だといって、メモ程度ではあったが、日々の記録を残していることを知っていたからね。あの吹雪の日の予定は結婚祝いだけだった。その日以外の予定表には営林署以外のものもあったから、自殺するつもりはなかったのだろうと、そのとき僕は思った。

親父の凍死体が発見されてから営林署の人が訪ねてきてくれたが、聞いた話のなかに気になることがあった。

祝いの会が始まってまもなく、僕の母親から電話があったそうだ。電話を取り次いだ庶務係は、いつものようにお茶をコップに入れて皆の話に耳を傾けていた父が、その電話を受けてから酒を飲み始めたように思うっていうのだ。親父は肝臓を傷めてから酒を飲まないのは皆もよく知っていたから、他の職員もいつになく酒を飲む父が気になったそうだ。親父はみんなに親しまれ、信頼され、それぞれの職員に見守られていたようだったから、その日の親父の態度や行動は、何かいつもとは違うと感じさせていたようだ。

その電話は、当時市会議員をしていた押野が僕の母親に頼んで、母親から父にかけてきた電話だった。つまり、父を押野の家に招待したいということだ。

押野は母親の実兄の友人で、幼かった僕の母親とも会ったことがあるのだそうだ。押野の女房はそのころ急逝したらしいが、なかなかの社交家で、押野が市会議員になる以前から夫婦同伴の集まりに僕の母親をも誘っていたらしい。親父はそのような社交を一切受けつけなかった。

僕の母親は外部の人から見ると、容姿も楚々とした美しさがあるし、こだわらないからっとした明るい面もあって、素晴らしい女に思われていたようだ。が、家のなかに入るとなかなか我儘な女でね、世間知らずだし。僕からみると、親父はよく我慢していたと思うよ。

母親の実兄は地元の旧制中学では学校始まって以来の秀才といわれたくらいの人だったらしいが、大学在学中の社会運動で憲兵に追われ、獄死したのだそうだ。母親はその実兄をこの上なく尊敬し、愛してもいたらしい。また母親一家の希望の星でもあった。

親父の方は戦争の末期、憲兵として朝鮮の南部にいたらしい。親父から戦争中のことは何も聞いていなかったので、当時の親父を知る人を探して聞いてみた。

私心のないりっぱな軍人だったようだ。若いが非常に温情のある人だと土地の人の間でも噂され、信頼されていたようだ。終戦時の処理でも際立っていたらしい。部下の安全をなによりも優先した素早い行動は、今でも話題になるそうだ。

が、親父は戦時からなるべく離れていたかったのかもしれないし、友人の誘いもあったのかもしれない。復員後、故郷の九州から離れてこの地域に住むようになった。そして母と出会った。結婚する時、母親は父の軍人時代のことなど、何も知らなかった。押野と出会い、押野を通して戦時の親父のことを知った。押野がどのように話したかしれないが、その頃から母親は父を疎みはじめたのではないのだろうか。

母はなかなか派手好みの一面もあって、質素な生活を強いられる営林署の職員の家族の生活に不満だったのだろう。とにかく親父と母親との生活は外部の人が思っていたような穏やかなものではなかった。欲求不満からくるヒステリー気味な妙な不信感を父親に抱き、それが事あるたびに爆発した。母親は家族のなかでは我儘だが、お客がくるとケロっと美しい顔になり、明るく振舞う。外面がいいというか、だから家族以外に母親のヒステリー気味な性格を知っている人はいなかったと思うよ。姿の美しい人だったしね。外での評判は悪くはなかったから。親父も母の実兄のことなどはだいぶ後になって聞いたようだ。母親のヒステリーを黙って受け止めていた。けっして怒ったりはしなかった。戦時中の軍人としての罪を償うような気持ちもあったのかもしれない。

押野の妻が急逝すると、押野と僕の母親との間が妙な具合になった。親父はそれに気づいたのか、日記に、『次の転勤時に異動願いをだす』と記していた。次期のH署の署長は父だと噂されていたようだから、あるいは昇進を振っての異動願いだったのかもしれない。

押野は母親と同郷で、軍人だった。復員後製材業を始め、その後この土地に越してきた。いまやその事業も建設業全般におよび、この市を超えて県の名士の一人だ。一代で成りあがっただけに強引で、評判はよくない。

親父が亡くなった頃は他の業者と同じく、事業もかなり苦しかったらしい。国有林の払下げが非常に少なくなっていたからね。押野は何度か親父を招待しようとしたらしいが、断られたので母親に頼んだ。押野は、深い関係ではなかったようだが軍人時代の親父を知っていた。旧交を温めたいといって母親に電話をかけてもらったと警察で話したそうだ。過去の親父と押野との関係を警察はしつこく聞いたそうだが、格別なものは何もでなかったそうだ。

母親はあの日のことを僕に何も喋らなかったから、押野の招待をどのように親父に承諾させたかは知らない。とにかく親父はあの日、押野の家にいくことを承知した。押野と母親のことで、噂になる前にけじめをつけておこうという気持ちも或いはあったのかもしれない。親父のような立場にいると業者との個別の接触は避けるのが普通だからね。とくに親父は、その面では硬すぎるという評判があったから、押野の家にいくのは嫌だったと思うよ。医者に止められていた酒を飲まずにはいられなかったのだろう。

署内での飲み会を終え、同僚とも途中で別れた後、親父は押野の家に寄った。一時間余りいたようだ。接待に芸者を呼んでいて、親父は酒を飲んだようだが、意識も足もしっかりしていたという。母親は、親父が押野の家に着くとすぐに帰ったようだ。

親父が帰る頃は吹雪もひどくなっていたので、押野は若い者に送らせようとしたが、親父は断ってそのまま帰ったらしい。それでも押野は息子と従業員に後を追わせたが、間もなく戻ってきた。大丈夫だからと言ったそうだ。

これは親父の署の人たちが僕に話してくれたことでね、親父が凍死なんておかしいと警察を訪ねて、調べたことを話してもらったのだそうだ。親父への信頼や同情が、あの吹雪く日になぜ親父を招待する必要があったのかという押野への疑惑となった。誰も親父の収賄なんて信じていなかったという。押野は親父といちどじっくり旧交を温めたかったが、親父は夜の会合には出てこないし、あの日たまたま息子が帰ってきていたので、午後の時間を割いてもらえたらと思って、急なことだったが、お願いをした。吹雪いていたが、吹雪くのはこの辺りでは普通のことだから、と警察で話したそうだ。

君がみた吹雪の日の三人は、恐らく親父と押野の息子と従業員だろう。時間的に合うからね。ただ親父がふらふらしていたというのが気になる。足はしっかりしていたと芸者も従業員も言っていたそうだから。何かがあったんじゃないか、押野が何かを隠しているのではないかという疑惑がどうしても残る。

薬物のことなども調べたようだが、何も出てこなかったようだ。警察も署の人たちも押野への疑念を抱きながらも、決定的なものが出ず、事故死と断定した。

汚職の疑いが報じられたが、あれは投書によるもので、警察では国有林払下げにからむ業者の足の引っ張り合いや押野への妬心が親父の名を巻き込んだのだろうとみていて、親父への不信感はないようだった。H市は以前から難しいことの多かったところで、営林署ではときどき、警察との交歓を通じて情報なども交換していたようだ。親父の人となりも警察ではよくわかっていたのだろう。

が、あのように新聞に大きく〈汚職か〉と記事にされると、家族はたまったもんじゃない。だが、母親はあの記事が出たり、汚職の噂が流れはじめた頃から少しずつ変わってきたように思う。まあ世間というものがわかり始めたというか――、親父が収賄などできない人であることは母親がいちばんよく知っているのだから。そんな親父を母親はむしろ疎ましく思っていたのだから。

親父の死後母親は押野を訪ねたようだ。歓迎されなかったのだろう。押野の必要としていたのは親父だった、ということがわかったのだと思う。親父の位牌にも手を合わせるようになった。」

「これは君にも話さないでおこうかと、今でも迷っていることなのだが――、」

そう言って路谷はしばらく俯いて歩き続けていた。

「僕は母親を疑っている——」

広田は思わず、路谷の横顔を見た。そして立ち止まり、またあわてて広田といっしょに歩きはじめた。

「疑っているって、何を」

「母親をだ」

「——」


「まあ、聞いてくれ。あの夜、そう六時過ぎた頃だったが、猛吹雪で役所も早仕舞いだときいていたのに親父が帰ってこないので、僕は弟といっしょに、親父がいつも帰ってくる路を役所の近くまで行ってみた。その日親父が押野の家へ行ったなんて、知らなかった。母親は僕たちに何も話さなかったのだ。帰ったら八時頃だったたと思う。

母親はストーブの前の机に白い紙をひろげて、人形づくりをしていた。君も知っている通り、母親はときどき、紙人形作りに熱中する。いつも白い紙人形だ。幾重にも着物を重ねているが、千代紙を使ったことはない。白い紙の十二単衣だ。親父を疎ましく思う気分の高じたとき、ヒステリー気味のときなど、急に紙人形つくりに熱中しはじめていた。自分の気分を鎮めようとしていたのか、あるいはその人形に呪いのような思いを込めていたのか、恐らくその両方だったろうと僕は思っている。

そして、後で気が付いたことだが、弟と玄関に入ったとき、玄関がずいぶん濡れていたように思う。そこにかけていた母親のアノラックも濡れていたような気がするのだ。

母親は僕たちが親父を探しに行っていた間、外出したに違いないと僕は後日気がついた。そしてそのことを、しつこく母親に訊ねてみた。母親はどこにも行かなかった、そういえばあんたたちの帰りが遅いので、ゴミ捨て場あたりまで見に行ったかも知れないといっていた。

親父の遺体が見つかったのは、君も知っている通り、家から五十メートルも離れていない場所だ。僕はあの夜、母親が親父を見たような気がしてならないのだ。そして、そこで何かがあった気がする。親父を探しに行った夜、すぐにそのことに気が付けばよかったのだが。

僕は親父が押野の家に行ったことを知らなかったし、母親は死ぬまで、その夜のことは頑固にひとことも喋らなかった。警察にも訊ねられた最小限度のことしか話していないようだ。そして忘れたように、人形作りも止めてしまった。魂が抜けたみたいにね。仏間でぼんやりしていたり、親父の位牌の前で座っていたり。

僕が大学生だったころ母親は亡くなったのだが、親父が亡くなってからの母親は、僕の目からみると、別人のように静かだった。魂の抜けた人形みたいだった。ぼくは今でも母親を疑っているし、父親が可哀想だとも思う。だがもう時効の時期もとっくにすぎてしまうほど年数もたってしまった。つい最近だよ。母親を許そうと気持ちが落ち着いてきたのは」

広田はその夜、防砂林の松林に近い民宿に泊まった。海鳴りの聞こえる宿をと路谷に頼んでおいたのだ。その宿で二人は、早い夕食のきりたんぽを囲んだ。

路谷は長い間胸に抱いていた父親と母親のことを話してすっきりしたのか、思いのほか陽気な口調で自分の近況を語り、広田の仕事にも興味をしめした。そしてその日の電車で帰っていった。

宿の窓を開けると、風が出てきたのか雪が斜めに降っていた。かすかに海鳴りが聞こえた。ガラスの向こうの暗い雪景色のなかに、あの夜の助けを求めるような路谷の父親の姿が、半世紀の時を超えて鮮明に現れてきた。

「親父さん！」

広田は思わず、大声で叫んでいた。

「なぜ、死んだんだ。何があったんだ。親父さん！」

やがて路谷の父親の姿がよろよろしながら、広田の視界から消えていった。

その姿の上に白い紙人形が重なってきた。美しかった路谷の母親の姿が見えてきた。あのお母さんがヒステリーだったとは。やっぱり女は魔物だ——。

広田は子供がいやいやをするように、首を左右に降った。

ガラスに映った久しぶりに酔った広田の顔の後ろから、紙人形作りに熱中している妻の顔が覗く。その顔がだんだん大きくなった。夫との時間を期待しなくなった初老の女の顔が間近に迫っていた。

# あとがき

太平洋戦争が始まった翌年だったと思う。

親戚筋にあたる田舎の中学生が、予科練（海軍飛行予科練習生）を受けるために私の家に宿泊した。少し弱視だとかで、何度目かの受験でやっと合格。その後、多分、特攻として出撃する前だったのだろう。我が家に立ち寄ってくれた。

彼がどのような話をしてくれたのか、残念ながら私には記憶がない。ただ、挙手の礼をして「行ってまいります」といった声だけが耳に残っている。沖縄の作戦に特攻として出撃し、フイリッピン沖で戦死したとの公報が戦後間もなく入ったそうだ。

兄弟の末子だったこともあって、秘蔵っ子のように彼を愛していた父親は、半年間ほどはうろうろと狂気の様だったという。親の強い反対を押し切っての航空兵志願であったようだ。匂いたつような美少年だった。

その後、戦災に遭って何もかもを失い、山積みの焼死体や川を流れる赤ん坊、子供の死体を見た。大切な人を失い、多くの孤児を見、多くの若い結核患者を見てきた。私自身、そうぎ屋根のバラック小屋で結核のため、三年間療養生活を送った。

私たちの子供の世代とともに、子供を育てその生活を守るべく必死に働き、生きた、親の世代の人たちにとってもまた、戦中戦後は大変苦しい時代であった。

このような戦争による体験、見聞、感謝を書き残しておきたいと思っていた。

本書の編集・出版については三省堂書店／創英社の高橋淳氏に、ご相談にのっていただき、お世話になりました。お礼申し上げます。

野中麻世

二〇二三年夏

**著者略歴**

野中　麻世（のなか　あさよ）

1932年、和歌山市に生まれる。
東京女子大学卒業。

新版　あにやんの飛行機

2023年7月23日　初版発行

著者

野中　麻世

発行・発売

株式会社 三省堂書店／創英社

〒101-0051　東京都千代田区神田神保町1－1

Tel：03-3291-2295　Fax：03-3292-7687

制作／印刷　（株）新後閑



ISBN978-4-87923-210-6　C0093